草守の詩

藤木小夜子

東方出版

はじめに

舞台は、大阪の歴史発祥の地、太閤さんゆかりの上町台地。特にその中心の西部に位置する天王寺区夕陽丘――。

登場人物は、霊園でお墓の番人・墓守をつとめる不肖私、お参りの人たち、知人友人その他大勢――。

背景は、急な斜面に広がる閑静な寺町――。

ここ上町台地は縦長で、大阪市内を南北約一二キロ、幅二〜三キロに及んでいます。

標高約二五メートルの最も高い北部に大阪城、それに続く難波宮跡《なにわのみやあと》、中央に四天王寺や一心寺、通天閣、日本一の超高層ビルあべのハルカスを擁し、南部は四天王寺と並ぶ二大聖地といわれる住吉大社辺りまで。歴史の散歩道として多くの史跡遊歩道が整備されています。

豊臣秀吉が築いた大坂城、聖武天皇の皇居としても有名な難波宮、聖徳太子の建立と伝えられる和宗の総本山四天王寺、法然上人開祖の一心寺など、そうそうたる歴史上の足跡を残しています。

大坂城守護のため集中的に作られた寺院は天王寺区だけでも約一八〇余りあるといわれており、大阪大空襲を経た今日でも寺町は健在で、ここら辺りが日本で最も寺院が密集したところでは、といわれているようです。

また、大阪最古の神社「生玉《いくたま》さん」の愛称で親しまれる生國魂神社《いくくにたまじんじゃ》（生玉神社《いくたまじんじゃ》とも）、仁徳天皇を主神としてお祀りする高津宮《こうづぐう》（高津神社）や三光神社《さんこうじんじゃ》など多くの神社も点在しています。

地元の大阪夕陽丘ライオンズクラブ発行の『夕陽丘―上町台地の故事と史跡を訪ねて』に、かつて「上町台地は大阪湾に突出した半島であった」とあり、「西は瀬戸の海に繋がり、東は難波の入江が大きく広がっている状態であった」といにしえの様子が書かれてあります。

私が上町台地に住居を移して二七、八年目のこと、家庭の事情で生まれ育った生駒山の麓《ふもと》へUターンし、それから三年半が経ちました。

生駒山は奈良県と大阪府の境目にありますが、私の住まいは大阪側です。大阪平野を見下ろす夜景は美しく、まるで幻想的な絵画を見ているかのように思える日があります。

しかし何といっても断然、私は上町台地びいきです。墓守の仕事についたお陰で縁が切れずに通うことが出来ています。

なぜかは分かりませんが、お墓にいるととてもおちつきます。時折ハリとツヤのある朗々とした読経が響き渡り、ゴーンという寺院の鐘とともに心に染み入るようです。

これから始まるお話は、四季折々の上町台地の風情や日常の出来ごとなど、落語でいうところの人情噺《にんじょうばなし》のようであればいいのですが、上町台地をこよなく愛する墓守の目を通して見つめたものです。

どうか皆さま、拙い語りではありますが、最後までおつき合いくださいましたら望外の喜び、また明日からの糧とさせていただきます。

二〇一四年十二月

お墓参りでご登場いただいた方々のお名前は仮名です。

墓守の詩　目次

はじめに 1

I 古今東西

袖ふり合うも他生の縁 13
肩の荷が下りる 16
耳をすます 19
類は友をよぶ 22
お天道《てんと》さまは見ている 25
かゆいところに手が届く 28
一期一会《いちごいちえ》 31
風の便り 34
胸をなで下ろす 37
二の足を踏む 40
血が通う 43
天高く馬肥ゆ 46

思い立ったが吉日　49
満を持《じ》す　52
歳月人を待たず　55
降ってわいたような…　58

Ⅱ　生きとし生けるもの

あごが落ちそう　63
百聞は一見にしかず　66
切磋琢磨《せっさたくま》　69
意気揚々　72
風光明媚《ふうこうめいび》　75
目に見えて　78
息をつく　81
温故知新　84
乗りかかった船　87
看板にいつわりなし　90

幕を開ける 93
目と鼻の先 96
暑さ寒さも彼岸まで 99
一〇年ひと昔 102
光陰矢のごとし 105
息が合う 108

Ⅲ 運は天にあり

先見の明 113
猪突猛進 116
高みの見物 119
日の目を見る 122
唯一無二 125
伸《の》るか反《そ》るか 128
ひと肌ぬぐ 131
断腸の思い 134

活溌溌地《かっぱつはっち》 137
誠心誠意 140
食指が動く 143
胸に刻む 146
心がはずむ 149
つうといえばかあ 152
大安吉日 155
禍《わざわい》を転じて福となす 158

Ⅳ 笑う門には福来たる

心機一転 163
明日は明日の風が吹く 166
寄ってたかって 169
目からうろこが落ちる 172
とどのつまり 175
備えあれば憂いなし 178

矢も楯もたまらず　181
腑《ふ》に落ちない　184
話に花が咲く　187
穴があったら入りたい　190
愛別離苦　193
善は急げ　196
膝《ひざ》を打つ　199
太鼓判を押す　202
あの手この手で　205
両手に花　208

おわりに　211

主な参考文献　212

題字　奈路道程
装丁　濱崎実幸

Ⅰ　古今東西

袖ふり合うも他生の縁

知人は私のことを「墓守」と呼びます。

かつて仏教書の仕事に携わっていましたから因縁のようなものを感じて、出会うべくして出会った墓守だと思ったのでしょう。

職業としては「霊園管理人」という呼び名がついています。

「お参りの人や近隣の人と仲良くやってください」

これが、霊園管理人として採用してくれた人の最初の言葉です。本格的な夏を迎える入梅間近いころでした。

人との関わりの中で仕事が出来ることは、最も望んでいることでした。一見外向的に見えても実は人見知り、こんな自分の内面を鍛えていきたいという気持ちになっていました。

大好きな上町台地で、暑さ寒さに負けずにがんばろう、愚痴はいうまい、と心に決めました。

初めての夏は日焼けや暑さ対策を特に意識することもなく、いま思えば無謀なことでした。

手足には蚊に刺された跡が無数にあって、目をそむけたくなるほど。帽子をかぶっていても容赦なく日焼けしていきます。

さすがに素足にサンダルは最初の夏だけで、肌の露出はあり得ないことでした。顔や手のシミはまたたく間に増えていき、気がついたら顔のシワにも深みが増しています。短期間のうちに「老けた」と思いました。

自然とのつき合いに不慣れなスタートでしたが、何年この夏をどのようにして乗り切っていこうかと思いながらも五回目の夏が過ぎていきました。

お墓では「おねえさん」「奥さん」と呼ばれることが多く、年上の男性から「ねえさん」といわれるのは「あねさん」と呼ばれているようで、ちょっといい気分になったりします。

実生活では誰かの嫁ではないので、「奥さん」と呼ばれても自分のことのような気はしませんが、「はい」と答えることにしています。

六十を越えたから「おばちゃん」で大いに結構、とは思うもののやっぱり「おねえさん」の方が「はい」の声の色が違っているかもしれません。

呼び方ひとつで人の気分は左右されていきますから、そのことに気づいてからは私も人に対して注意を払うようになりました。

そんなあれこれを思いながら、今日も元気に墓守を勤めたいと一日が始まります。

お参りの人がいつお見えになっても「きれいなお墓」といってもらえるように、掃除をしたり、枯れた花を処分して花立てを洗ったり、猫や鳥のフンをやっつけたりで午前中が過ぎていきます。

六十になる何年か前にこの墓守の仕事との出会いがありました。知人が感じた因縁のようなものを自分でも感じることがあります。

すべての出来ごとや出会いはあらかじめ決まっていてなるようになる、なるようにしかならない——。何か運命論を語る人のようですが、人の身の上に起きる偶然の巡り合わせの妙、とでもいうのがふさわしいように思えてきます。

「偶然」の反対語は「必然」です。しかし、偶然が重なって、そこには何か因果関係が生じているかのごとく必然とも思える不可思議な人間の出会いが、感動や喜びを招くこともあります。

お墓での出会いもまた然りです。

一〇年以上も会っていなかった人が、ひょっこり。「何で?」と思わず口にした再会があったり、よくよく聞いてみたら弟たちや息子が子どものころにいつも買いに行っていた地元のプラモデル屋さんの娘さんとの出会いがあったり……。

むかし話に花が咲いて、お互いの家族のことや子どものころのことを話すうち、ついさっき会ったばかりの初対面の人とは思えないほど打ち解けていたりで、楽しいことが次々に起こってきます。

肩の荷が下りる

墓守になったばかりのころは自宅での書籍編集の仕事が本業でしたが、このときはもう仕事は少なくなっていました。いつかやって来る事態に覚悟は出来ていましたから、仕事に恵まれていた時期の蓄えを生活費に充てることが出来ました。

そこへ墓守の仕事を得ることが出来て、夜は自宅近くにある居酒屋の手伝いと「三足のわらじ」生活が始まりました。

母子家庭で母親にひとり息子を育ててもらったようなものですが、マンションのローンや息子の学費返済やらで家計は困窮していました。

このとき、大人になった息子は東京暮らしで、私はひとり上町台地に住んでいました。忙しい日々でしたが、ふり返ってみれば健康にも恵まれて、それぞれに豊かな時間であったと思います。

編集の仕事はこつこつと時間を要し、難しい事柄もたくさんあって根気のいる作業ですから、上手に気分転換する必要がありました。「三足のわらじ」生活は、この点に関しては有効であったと思います。

通算して二五年ほど書籍編集の仕事をしてきましたが、毎回緊張していました。なんとか無事に一冊の本として仕上がったときには、自分の仕事が一端を担っていたことが実感出来ました。安堵感とともに、自身の未熟さを思い知らされる一瞬でもありました。

居酒屋は近所の人たちが気軽に集まる店で、お酒を勧められることも多いですから陽気に過ごしていました。

毎日が順風満帆とはいえませんでしたが、たいていは上機嫌、酒好きが功を奏していました。それに居酒屋で晩ごはんのお弁当を用意してもらえることがありがたく、深夜に帰宅してゆっくり食事をするのが一日の楽しみでした。五～六年は手伝っていたと思います。

そこで見たのは経営者の苦労でした。居酒屋稼業とは時世に左右される不安定な毎日で、「水商売」の実態を味わうことになります。

私が手伝っていた後半は、板前さん二人で三〇人から四〇人ほどの宴会を切り盛りしていましたが、予約のないひっそりとした日もあって、売上げ目標の到達は容易ではありませんでした。

地元では味に定評があったし、板さん二人は男前で朗らかな人気者でした。しかし、惜しいことにいまはもうその店は姿を消してしまいました。

私の話に戻りますが、経済的な問題は、父が遺してくれたささやかな預金によって解消し、今日では墓守の仕事だけが残りました。自分にふさわしい最後の仕事になるよう一日でも長く働いていけたらと願っています。

ある日、霊園近くをよく散策しておられる男性からファンレターを渡されました。私が若かったら彼を口説いていたかもしれませんが、淋しいことに私の恋の季節は終ってしまいましたから残念なことでした。

墓守になってから二年が過ぎたころの話ですから、「がんばってるね」といわれたようでファンレターは励みになっています。

お誘いに応じることはありませんが、いまもにこやかに挨拶出来る間柄が続いてほっとしています。

かつて上町台地に住んでいたときのご近所の娘さんたちが、霊園の近くに住んでおられます。偶然のことでしたが、時折顔を合わせて立ち話をしたり、子どもたちの成長を見ているのは嬉しいことです。

英会話を教えたり、フラダンスの教室をしておられるので、華やかで活気のある日常がこちらにも伝わってきます。

ご近所づき合いで親しくなった父上ですが、たまに自転車に乗ってひょっこり現れるので懐かしくて、近況の報告をし合って旧交をあたためています。

耳をすます

お墓参りに掃除はつきものです。亡き人を思いつつ墓石を清めていると、皆さん一様に穏やかな表情になっておられます。

日常の喧騒から解き放たれ、心が鎮まって、平穏な気持ちが甦ってくるのかもしれません。

そんなとき、皆さんからいたわりの言葉をいただいて、墓守をしていてよかったとささやかな喜びを感じることがあります。

「いつもありがとう」に始まって、「今度来るまでよろしくお願いしますね」といって帰って行かれます。何気ない言葉ですが、ここには大切なものを託すような心のこもった響きがあります。

いう方もいわれる方も、お墓という場所で、お互いに気持ちが寄り添って親近感を抱いているのだと思います。お墓とは不思議な結びつきを生む特別な何かがある、と感じています。

それが何なのかいまは分かりませんが、人の生き死にと深いかかわりがあることに違いありません。

自分が死んだらあとのことは分かりません。分からずにすみますが、大切な人がいなくなったら、自分は、残された者は、どのような境地になっていくのか……。

せめてお墓参りをすることで、時間の経過とともに大切な人が心の中にしっかりと根を下ろすのか、そんなことをもう少し考えてみたいと思います。

ありがとう、よろしく、の言葉にしみじみしている私ですが、八十を過ぎた人生の先輩にあたたかい言葉をかけていただいたことがあります。

「おねえちゃん、人間働けるうちが花やで。しっかりがんばりなさい」

と。何て力強い言葉なんや、と思いました。私は即座に、心の底からお礼をいいました。

働けるうちが花、この言葉には深い意味、大切なことがつまっている、と思いました。健康であること、働く場所があること、まだ若いといってもらっていること、ありがたいと思う気持ちがあること……。

このおばあちゃんは認知症、と腕を支えている娘さんから聞きましたが、とてもそんなふうには見えません。外の空気を吸って、家族以外の人間に触れて、活力がみなぎってきたのかも。満面の笑みで私を見ておられます。

「おねえさん、ありがとうございます。がんばります」

おばあちゃん、というところ、おねえさん、といっていました。一瞬、人生の師のように感じていました。

この励ましの言葉は、いつも私の心の中にあります。真理は何気ないところに転がっていて、気づいた人だけが拾って味わうことが出来ます。

　おばあちゃんは、ほんとうのことを私に教えてくれました。これほどストンと心根に届くとは、いう側のお人柄もあるかと思います。

　その後、おばあちゃんは外出もままならぬご様子で、いまはお会い出来ないのが残念ですが、ご家族には毎回この話をしてしまいます。

　おばあちゃんはもう、私のことはお忘れでしょうが、二回しかお目にかかっていませんが、私には忘れられない人です。

　お墓には、おばあちゃんの息子さんのお嫁さんが入っておられます。もともと大阪の人でご実家も市内にあるそうですが、息子さんは仕事で山陽地方に住んでおられます。

　一周忌が過ぎてしばらくしたころ、息子さんが再婚されたと知りました。妻に先立たれた男の人は元気をなくしたショソボリ派が多い中で、これは快挙です。六十歳を過ぎておられると思います。

　大きなお世話でしょうが、若いお嫁さんもここのお墓に入られるのか気になるところです。

類は友をよぶ

お墓の夏は格別な暑さです。七月の終りから八月の始めにかけて、朝から三十度を超える猛暑に見舞われることもありますから、一時間おきに水分を補給して身体を冷やし何とかしのいでいます。

上着は白い長袖のブラウスに限ります。黒っぽい物を着ようものなら熱気むんむんで、とても耐えられません。下には肌着を着用しています。

肌着は好んで天然のコットン製と決めていましたが、ユニクロのエアリズムを知ってからは宗旨変えです。エアリズムは化学繊維で、ナイロン、キュプラ、ポリウレタンから出来ています。

汗びっしょりになったあと、コットン製だと濡れていて不快感がたまりませんでしたが、エアリズムを着ているとあまりべとつかず、なめらかでサラッとしています。それでも不快には違いありませんが、残念ながら更衣室のようなものはありませんから、そう度々は着替えることが出来ません。

なぜいままでコットン製にこだわっていたのか。汗を吸ってくれるという一点だったと思います。速乾性を考えたエアリズムの性能をよくぞ生み出してくれた、と拍手したい気持ちです。

去年の夏、東京に居る幼なじみが墓守をしている私のために、暑さ対策と虫よけのグッズをどっさり送ってくれました。

暑いときは暑さに身を任すより他なし、と何の手だても構じることなく過ごしていましたが、首元を冷やす冷水スカーフどこでもアイスノン、衣服の上から身体を冷やすスプレー、帽子・えりもと・ワキのひんやりシート、首からぶら下げる小さい送風機、携帯電池式蚊とりおでかけカトリス、虫よけループ等々創意工夫満載のグッズです。

中でも、ふくだけパウダーさらさらシートは本当に気持ちよく病み付きになりました。

暑さと格闘する姿が浮かんだのでしょうか。私の状況を思いやり、あれこれ選んでくれたに違いありません。やっぱり、持つべきものは友です。

「墓守がんばれ、暑さに負けるな！」といわれているようで、暑さもふっ飛びそうです。元気が湧いてきます。

彼女も私の働く姿を思い描いて、夏を乗り切ろうとしていたのかもしれません。病を得て回復に向かっていたころでしたから、厳しい夏さに耐えられるほどの気力体力は備わっていなかったことでしょう。

中学、高校とともに過ごし、いまは東京と大阪に離れていますが、思いやる気持ちがあればとても身近な存在になっていきます。最初に就いた仕事は、彼女は保育士、私は雑誌編集見習いでした。

しかし彼女は大いなる脱皮をはかり、その後アナウンス学校へ入り、テレビ出演を果たしてしまいます。

もとからその素質は持ち合わせていたように思います。中学時代は放送部で校内アナウンスを担当していたし、高校に入ってからはクラスメートに朗読の上手さと声の魅力をほめられ、いまもって語り草となっているほどですから。

時折見せる大胆な転換で人生を歩んでいく姿を、頼もしく感じながら応援していました。本人は特に意識しているふうもなく、後になって「ようあんなこと出来たわ」と思うそうです。

本人曰く「鈍感力のなせる技《わざ》」。

むかしをふり返って二人が共通しているのは、「いまが一番ええ」という思いです。一つのことを立派に達成してきたかというと、そうではありません。

そのときどきで興味のあることを何かに導かれるように、自分の勘を頼りに生きてきたところは、よく似ているなぁと思います。

お天道《てんと》さまは見ている

私が墓守をしている霊園は、上町台地の西の斜面を利用して出来ています。間近に大阪ミナミ（難波）の繁華街が控えていますが、緑の多い閑静な場所にあります。

晴れた日の夕暮れどきともなると西の空に太陽が傾き、やがて沈んでいく様子はあざやかな色彩を放ち、荘厳な雰囲気を漂わせています。

「西方浄土《さいほうじょうど》」を連想させる太陽と、眼下に広がる下寺町の寺院の光景は、日常にしておくのはもったいないほど。いにしえの善男善女が四天王寺さんを目指して遠方よりはるばるやって来て、この太陽を拝んでいたとは……。

「夕陽丘」という美しい地名とともに、この名にふさわしい夕陽の美しいところとして、むかしから語りつがれてきました。

司馬遼太郎の「大阪の原形」（『十六の話』所収　中央公論社）という随筆を読んでいて、次のような文章に出合いました。

南北に牛の背のようによこたわる上町台地の西側に、台地に沿って松屋町筋《まっちゃまちすじ》という古い道路が南北に通っている。私は学生時代、そこから古い花崗岩《かこうがん》の石段をのぼって台上に出るのがすきだった。そういう石段の坂がいくつもあり、どれもが両側に寺院の土塀か、神社の森があって、のぼっていると奈良の古い町にいるような気分になった。

愛染坂《あいぜんざか》（勝鬘坂《しょうまんざか》）をのぼれば大江神社の境内で、この境内の舞台からみる落日もいい。ほかに源聖寺坂《げんしょうじざか》、口縄坂《くちなわざか》などがあった。

あるとき、それらの坂をのぼって、樹林のなかに古い五輪塔《ごりんとう》をみつけたときはふしぎな思いがした。大阪にこのような幽邃《ゆうすい》とでもいえるような一角があったのかと思ったのである。

五輪塔は、十三世紀の貴族で、歌人として有名だった藤原家隆《ふじわらのいえたか》（一一五八〜一二三七）の墓だった。家隆は七十九歳のとき病気になり、死を予感して出家した。ほどなくこの地に来、夕陽を見つめつつ十数日をすごし、しずかに世を終えた。

これによっても、中世の大阪は夕陽の名所であったことがわかる。

「幽邃」とは、「景色などが物静かで奥深いこと」と広辞苑にありました。

司馬遼太郎は、このくだりの前に、

「夕陽ケ丘からみる夕陽は美しい」

といい、

「ある夕、朱色——あまりにもあざやかな朱であるために天体とはおもえない太陽が、大気のなかを漂うようにして沈んでゆくのを見て、息をわすれるような思いがした」

と、学生時代に好んで歩いたこの地の思い出を伝えています。

ここに登場している坂道は「天王寺七坂」といわれ、いまも好んで散策されて、写真を撮ったりスケッチをしたり、歴史の散歩道として名を馳せています。

七坂とは北から、真言坂、源聖寺坂、口縄坂、愛染坂、清水坂、天神坂、逢坂をいい、石畳の坂道が多く、木々の緑や寺院の壁伝いにあって風情を感じさせてくれます。

織田作之助の小説の原風景となっている場所でもあります。

これらの坂道は、朝よりもやはり夕暮れが似合うように思います。夕陽に向かって下るのか、夕陽を背に上るのか、傍観者にとってはどちらも捨てがたい光景です。

夕暮れになると、墓石に注がれる日差しはやわらかく、お参りの人の姿はもうありません。

坂道を行き交う人々は、のんびりと愛犬との散歩を楽しんでいたり、両手いっぱいに買い物袋を下げて忙し気であったり、高校生の部活の特訓の場と化していることもあります。

「また明日」

「お疲れさまでした」

ひとりごとが口をついて出て、一日が終っていきます。

かゆいところに手が届く

上町台地には数々の歴史の散歩道が設けられ、春夏秋冬の眺めはそれぞれに趣《おもむき》が異なって飽きることがありません。

お参りの人にとってもそれは同じことで、景色を楽しみながら散策も兼ねて、という心持ちでお見えになります。会話も自然観察にまで及んで、草木の名前に始まり、よく知る方からは豊富な知識を教わることもあります。

樹木が多いですから鳥たちのねぐらには打ってつけで、カラス、スズメ、ヒヨドリ、ムクドリなどいたずら好きな客たちもたくさんやって来ます。

猫のフン害にも閉口していますが、人間と同じ生き物、なんとか共生出来ないかと思案の日々が続きます。

愛犬とお散歩、の方たちに少数ではありますが、首をかしげたくなるようなマナー違反があります。フンの始末をしない飼主を目のあたりにしたことはありませんが、痕跡を見つけて始末することはしばしばあります。

お参りの人が不快に思われないよう、周辺の道をきれいにしておくことも墓守の大切な仕事だと思っていますが、百点満点とはいきません。八十点くらいでしょうか。

　天王寺七坂巡りの散策の人たちの中に、私をボランティアで清掃をする善良な市民と勘違いして、

「きれいにしていただいて、ありがとう」

「ご苦労さまです」

と、ねぎらいの言葉をいただくことがあります。私は返す言葉に窮し、それでもやっと、

「いいえ、とんでもありません。こちらこそ恐れ入ります」

と、善良な市民を演じてしまいます。

　人生は舞台、どんなふうに演じるかは自分次第、と思ってしまいますから、相手の勘違いをただささずに、そのままで。

　ある日、軽装ながら皆リックを背負って、地図を片手に歩く人たちが次々に現れました。何かの会か、と思って聞きやすそうな人を探して尋ねてみました。

　手にした地図のプリントには「大阪上本町駅　駅長お薦めフリーハイキング」とあります。

　私は近鉄沿線に住んでいますから、広報紙などで情報だけは知っていました。大勢でゾロゾロ歩くのは性に合わないので参加しようと思ったことはありませんが。

　よく聞いてみると、ハイキングのコースが書かれた地図をもらって各自のペースで歩く自由なものとか。途中、飲食の立ち寄りも可です。

これなら私でも参加出来そうですが、日曜日に実施されるため都合がつきにくく、地図を入手して平日にひとりで歩いてみることにしました。

いま手元にあるハイキングコースは「風情漂う天王寺七坂とコリアンタウンを巡る」というもので、コースは次のようになっています。

近鉄大阪上本町駅↓真言坂↓生國魂神社↓源聖寺坂↓口縄坂↓愛染坂↓清水坂↓清水寺↓天神坂↓逢坂↓一心寺↓四天王寺↓つるのはし跡↓コリアンタウン↓近鉄大阪上本町駅

近鉄大阪上本町駅を出発して約一〇キロを歩いて、出発地点に戻ってきます。

地図は詳細なもので、例えば源聖寺坂を見てみると、この場合は西へ坂を下りますが、「花屋のぼり」「前方の広くなる道の手前を右に曲がる」「石畳の階段を下る」「源聖寺坂碑」とあります。

一心寺などは境内の拡大図まであって、矢印で親切に導いてくれています。

裏面には「主な見所とご案内」があり、天王寺七坂の解説もしっかりと書かれています。参加に際しての注意の中に「ハイキング終了時に寄り道される時は、先ず自宅に電話を入れておきましょう」というのがありました。

思わず笑ってしまいました。ハイキングと並ぶほどの締めのイベントです。冷えたビールで一日の疲れもなんのその。

一期一会《いちごいちえ》

屋外での作業が多い墓守の一日ですが、雨の日、猛暑や極寒の昼下がりなどは、遺骨を入れる布の袋を縫っています。私はこれを「骨袋縫《こつぶくろぬ》い」と呼んでいます。

木綿のサラシで一針一針の手縫いです。骨袋を縫うまでは久しく針と糸を持ちませんでしたが、すぐに慣れてむかしのように運針の基本を思い出すことが出来ました。

仕上がりは、幅三〇センチ、天地四〇センチほどの大きさで、一反のサラシから一〇枚ほど作ることが出来ます。

この骨袋は納骨のときに使うもので、遺骨とともに墓地に埋葬されるものですから、それを思うと厳粛な気持ちが湧いてきます。骨袋縫いは、心鎮まるひとときでもあります。

この話を知人友人にしたところ、

「ええ仕事やねぇ」

「人の役に立ってるやないの」

「そんな仕事あるのん？」

「なんかのんびりしてて、うらやましいわ」

と、反応はさまざまです。

確かに急ぐことでもなく、納骨の期日に用意出来ていればよいことなので、あくせくすることはありません。こんな仕事があるとは思わんかった、というのが正直なところです。

納骨の日、親族の方がこの骨袋に遺骨を大事そうに移しておられる姿を目にするたびに、ていねいに縫っておいてよかった、と思います。何事もまごころが通っていなくてはいけない、と思い知らされる光景です。

お墓に埋葬するとき、大阪では遺骨を骨袋に入れる方式になっていることが多いようですが、遺骨をそのままじかに、あるいは骨壺に入れて、と地域やお墓によっていろいろあるようです。

お墓の納骨室カロートの中が土になっていれば、骨壺に入れない限り遺骨はのちに風化して土に還《かえ》りますから、私などはこの方がいいように思います。

埋葬した遺骨がどれほどの年月を経て土に還っていくのか興味深いところです。聞くところによると、二〇年から三〇年といわれているそうですが、一〇年ほどですでに土に還っているのを見た人がありました。

先日、和歌山県の山間部から都心の霊園へお墓を移転するため、遺骨と土の一部を移そうとしたところ、すべて土と一体化していたそうです。最後に埋葬された遺骨は一〇年前とのことですから、土や水など自然の条件によっては一〇年も経てば土に還ることもあるのでしょう。

骨袋に入れた場合、バクテリアによって木綿の布も土に還るそうです。縫い糸も木綿を使いますから、これも一緒になくなっていきます。

たまに週刊誌やスポーツ新聞の見出しで、芸能人の「○○○さんの遺骨巡り骨肉の争い」などとぶっそうな文字が踊りますが、これが事実なら、すべて土と帰するのに……と思いますが、骨壺ごと埋葬の場合は遺骨が存在し続けるので、争いの種となるのでしょうか。

お墓にいて、ここそこに遺骨が眠っていると思うと「畏《おそ》れ」のようなものを感じることがあります。言い換えたら、敬意を表する気持ちになる、というような意味合いです。

上町台地が終《つい》の住処《すみか》となって、このお墓に埋葬された遺骨の数々――。

幼い子どもさんを亡くしたため、お地蔵さんの形をしたお墓を建てて、本来の石碑の横に置かれている墓地もあります。この遺骨はどれほどのものか、遺骨は少しで軽いでしょうが、その存在の重みは計り知れないと思います。

いまここに自分がいることとの巡り合わせに、不思議などご縁を感じます。お墓にひとりでいても孤独な感じはしません。見守られているようでもあり、一緒になって大自然の懐《ふところ》に包まれているようでもあり、いまは亡き人たちと語り合っているような気持ちになっていることもあります。

風の便り

お参りの人の姿はなく、ひとりでお墓にいたときのことです。

七十歳くらいでしょうか、ジーンズをはいてラフなおしゃれをした男性が来られました。

「お墓を探しているんですが……。町田さんという方の……。ご存知ありませんか」

と、途切れ途切れに尋ねておられます。

聞き覚えのない名前でしたので、霊園の名を伝え、ここに間違いがないか確認したところ、

「お寺さんの名前は分かりません。ただ上町台地にあるということだけで……」

という返事です。

それは大変。寺町という地名もあるほど昔から寺院だらけの一帯で、上町台地にあるというだけで、お墓を探すなんて至難の業です。

人の死にかかわる事柄だけに、根掘り葉掘りお話を聞くわけにはいきません。何か手がかりになるような言葉を待ちましたが、多くを語られません。

「ここには町田さんという方のお墓はありませんが、どうされますか。もう少し詳しいことが分かれば……」

というと、とても疲れた様子で、

「そうですか」

と、ポツリと一言。

このままお帰りになるのは気の毒と思い、ベンチに座って休憩して行かれるよう勧めました。ペットボトルのお茶を飲んで一息つかれたのでしょう。探している町田さんは以前の恋人だと教えられました。

それなら何としてでも探すお手伝いをしたいところですが、霊園を離れることは出来ません。かといって、連絡先を伺って私が探し廻るというほどの間柄でもなく、自力で探してもらうより他ありません。

私が彼の立場なら、何が何でも探していると思います。墓地の埋葬者については個々の墓地に足を運んで見つけ出すことは出来るでしょうが、どこの墓地に誰が埋葬されているのか一覧出来る名簿のようなものはないでしょう。

お墓がどこにあるのか、町田さんのご家族に聞けない事情があるのかもしれません。

「それなら胸中静かに冥福を祈るだけでいいのでは……」

と、私は心の中でつぶやいていました。

ふっと、私の気持ちの中に明るい光が差し込んだ一瞬です。死んだ後もこうして探してもらえるなんて幸せな人もあるもんだ、と。

私ならいったい誰が探してくれるというのか。よほど町田さんという女性は心根のやさしい美しい人であったに違いない、と妄想が湧いてしまいます。

その後、町田さんのお墓が見つかったかどうかは知る由もありません。突然現れて「その節は……」のような展開があれば一段と日常が輝いて見えるのでしょうが。

新緑のまばゆい日の出来ごとでした。

墓守をしていて、自分の好きな季節ということもありますが、秋とともにこのころが最も快適でこの仕事をしていてよかったと思える日々です。

きつい薬で一か月余りの花粉症を何とかやり過ごし、思い切り深呼吸しておいしい空気を吸うことが出来ます。じめじめした梅雨がやって来る前の束の間のひととき。

墓守になったお陰で、四季折々を肌で感じてそれぞれのよさを見直すことが出来ました。

夏は暑い暑いと嘆き汗たらたら、冬は寒い寒いと身を縮めるような姿ですが、それでも夏の風は一服の清涼剤、冬のお陽さんは暖をもたらしてくれます。

むかし、おばあちゃんが「ありがたいことや」といっていた気持ちが分かるような年齢になってきたんでしょうね。

胸をなで下ろす

生前に建てておくお墓のことを「寿陵《じゅりょう》」というそうですが、たったひとりで自分のためだけの生前墓を持つ人がおられました。仮に浅井正史さんと呼んでおきます。

浅井さんは両親を早くに亡くし、そのあと兄を亡くしてひとりきりになってからは、親戚とのつき合いをすることもありませんでした。

何度か自身のお墓を見に来られ、お話をしたことがあります。

「だれも入ってないお墓にお参りするというのはへんやなぁ。こんなときはどないしたらええんですか」

と聞かれ、とっさの問いに私はまごついていました。私が浅井さんなら、いったいどうするのか、考え考え出した答えです。

「浅井家先祖代々に手を合わせる、というお気持ちになられたらいかがですか」

すると、なるほど、と同意してくださったようで、しばらくお墓をなでたりしながらたたずんでおられました。それが最初の出会いでした。そのときは、

「ここの坂道を下りて道路を渡って、しばらく歩いたところにあるマンションに住んでる」

「近いところにお墓が作れてよかったわ。自分の人生明るいとはいえんから、せめてお墓は明るいとこがええと思って……」

「天涯孤独の身やから、もし僕が死んだらあとのことは友人に頼んでるねん」

と、ご自分のことをおっしゃいました。それから二度ほどお目にかかりましたが、あいさつをする程度でした。

訃報を聞いたのは、最初に言葉を交わしてから二年ほど経ってからのことです。それも突然のことで、交通事故で亡くなられたそうです。知人の方三人がお墓に来られ、死亡の報告とお墓の所在確認をされていました。

「もう何十年も音信不通になっていて……」

という従兄弟《いとこ》の男性が率先して、後日の納骨にあたっておられました。

知人の方からは、浅井さんが高校の教師であったと教えられました。

「雲遊〇〇居士」という戒名が石碑に彫られています。生前、お墓を建てたときに、浅井さんらしい戒名をつけられたのだと思います。

年齢は五十歳くらいに見えましたが、健康そうで身だしなみはおしゃれ。私の素朴な疑問、「なぜ自分のためだけのお墓を建てようと思ったのか」その心境を聞いておいたらよかった、と残念でなりません。

他人ごとではありますが、いまここに眠っておられて私の知る人となったわけですから、もう少し人となりに触れていたなら手の合わせようも違ってくるのに、と思って後悔が残りました。

花立てに花をお供えしてあることはめったにありませんが、お正月やお盆に花が手向けられていると、ああよかったとしみじみしています。

後日、すでに亡くなられているお兄さんの息子さんが来られて、浅井さんのお墓を守っていくとの申し入れがありました。縁は薄かったに違いありません。

浅井さんと私が交した話を披露したところ、「そうやったんですか」といたく感銘しておられるようでした。

亡くなって会えなくなってからの縁もあるのか、と私は感慨深く浅井さんのことを思い起こしていました。

浅井さんにとって甥《おい》にあたる彼の出現を、もし浅井さんが知ることが出来たとしたら、血のつながりの縁を感じられたかもしれないと、無念の思いが広がっていきます。

石碑には「浅井正史の墓」とあります。浅井さん、どうか安らかにお眠りください。

後日談ですが、実は浅井さんは五人兄妹であったことを知りました。複雑な家庭の事情があるようで、そのことは詮索するまいと自分自身にいい聞かせました。

二の足を踏む

雑草と　いえども若い　芽を摘んで

一句詠み詠み、草取りに精を出していたときのことでした。根こそぎ取れた草はどれも、その草なりに完結している、と気がつきました。

見事なまでに整った形を成しているではありませんか。感動もんです。緑もそれぞれ特有の色合いを持っていて、見入ってしまいます。

とはいうものの旺盛な生命力で、残念ながら出来るだけ小さな芽のうちに摘み取っておかなければ、仕事は増える一方です。

可憐な花を咲かせているときは、いまはそっとしておこうと見て見ぬふりをしておきます。新緑の季節にしか見ることは出来ませんが、紅色の花をつけて風に吹かれるヒナゲシにはいつも魅了されています。

紫がかった濃いピンクの小さい花をたくさんつけるマメ科のカラスノエンドウも、ヒナゲシと同じころに咲いています。

草花の中にも、供花の仲間入りをしているものがあります。アヤメ科で白い花をつけるシャガは四～五月ごろに、黄色い無数の花が咲くオミナエシはお盆のころによく見かけます。花をつけない草というのがあるのかどうか分かりませんが、それが花だと気づかないようだと草取りもはかどっていいのですが……。

植物図鑑で調べて、なじみの草の名前が分かったときも愛着を感じてしまいます。摘んでもあっという間にはびこって溜息まじりに眺めていたのは、北アメリカ原産の帰化植物コニシキソウでした。

相撲の「小錦」を連想しましたが、名前の由来とはまったく関係ありません。ニシキソウという草から来ているものでした。

地面に張りつくようにして、どんどん繁殖していきます。枝分かれした茎に、小さな葉がたくさん生えています。葉っぱに紫色の模様があるのはコニシキソウ、ないのはニシキソウと図鑑にありました。

コニシキソウは摘んでも摘んでも二～三日したらまた復活して、重なり合うようにして増える一方です。茎からはきつい臭いの乳白色の汁が出て、指先や爪の中は汚れて、洗ってもなかなか取れません。

小さな花をつけるそうですが、気がつきませんでした。

水場近くの湿気の多いじめじめしたところに、艶やかな緑色の小さな葉っぱの群れが広がっていました。いやな雑草という感じはまったくありません。

調べてみると、セリ科のチドメグサという草で、出血を止めるのに使われていたのでこの名前がついたとのことです。葉っぱは切れ込みのある丸い形で直径一センチ弱。摘むのがもったいないほどの存在感です。

コニシキソウもチドメグサも、冬には姿を見せません。芝生も冬枯れして色彩をなくします。芝生のある家に住んだことがなかったので、墓守になって初めての冬に枯れ行く芝生を見て、慌てて知人にアドバイスをもらいに行きました。

私が枯らしたのか、どうしたら冬でも芝生の緑が保てるのか。そこで、春になったら自然に新しい芽が出ることを教わりました。

その通りになってほっとしていたところ、梅雨でしとしと雨が降るころには、見る見る葉っぱが伸びていきます。芝刈機を使うほどのスペースではありませんから、もっぱらハサミでチョキチョキやっています。

蚊とり線香を足元に置いてハサミ片手にチョキチョキしていたときのこと、ピョーンと勢いよく葉っぱが飛んでいきました。「ええっ何で?」と思ったら、葉っぱに見えた緑色のカマキリを切っていました。

よく見たら頭も足もついています。でも身体は芝生と見まがうほどの形で、色もそっくりです。ハサミで殺生したことにドキッとしましたが、いまでは「葉っぱ切るから逃げてやぁ」とカマキリに断りを入れています。

血が通う

毎年七月の土曜日、心待ちにしているお参りのグループがあります。

「今年も会いに来たでぇ」

といいながら、お墓の前に集まったのは総勢八人。公務員の中でも特別職についておられる組織の同期で、ともに過ごした仲間の人たちです。皆さん六十前後で、すでに定年退職して再就職された方もおられます。

暑い盛りですが、欠かさず律儀に集まって来られます。冷たい飲み物やアイスクリームなどふんだんに用意されていて、すっかり顔見知りとなった私もお相伴にあずかります。

一時間はおられるでしょうか。普通は十分から、長い方で三十分ほど。大阪市内在住の方が多く、よくお参りされているので一回のお参りの時間はそれほど長くはありません。

中にはろうそくの火が消えるまで向き合っておられる方もありますが、たいていは「あとよろしくお願いします」といって帰って行かれます。

ガンで先立たれた職場の友とも、お酒を飲んだり旅行をしたりで、寝食をともにするうち、いつの間にか気の合った仲間になっていったそうです。

仲間を失ってのち、残された人たちどうし思いやる気持ちが深まってゆき、「順番に還暦や」とおっしゃいます。

友のお墓参りのあとは、もうひとりの同期の仲間のお墓参り、そのあとはお決まりの居酒屋で皆の健康を祝して乾杯。懐かしの思い出話に花を咲かせるそうです。

賑やかなお参りにお墓が活気づいて、いつもと少し様子が違います。故人を偲んで明るく朗らかに、こんなお参りもええもんです。

最近建立された中江さんのお墓には、開眼法要と納骨が終って以来、若い人たちが次々とお参りに来られます。確か八十を越えたお父さんのお墓ですから、いったいどんな人だったのか知りたいと思いました。

中江さんには二人の息子さんがおられて、ご家族もよくお参りに来られています。ある日、息子さんに、

「中江さんのところにはいろんな年代の方がよくお参りに来られてますね。もしかして大学の先生をなさってて、教え子の人たちが来られているのかと……」

と、遠慮がちに聞いてみました。

「大きなホールの音響技師で、チーフでした。お弟子さんがたくさんいたので、その人たちが来てくれてると思います」

といって、若い人たちを集めて賑やかに過ごしていたという亡きお父さんの話をしてくださ

いました。

お花が途絶えることはなく、あるとき若い女性がスマホを取り出して般若心経を流していたことを知りました。

家族にとっては嬉しい話です。父親が若い人たちに慕われていたとは。大阪市内にお墓を建てることが出来てよかった、とおっしゃいます。

「こうして若い人たちがお参りに来てくれて、気軽に立ち寄ってもらえるところで、父は喜んでくれていると思います」

思い切ってお父さんのことを聞いてよかった、と思いました。誇らしい話は分かち合って、ほめたたえたい。ときには他言無用な話もありますが、これは分かち合うことは出来ません。とてもほほえましいお参りの光景があります。大好きなおじいちゃんのお墓と家は、歩いて十分の距離だそうです。

小学生の妹と中学生のお兄ちゃんは、気が向いたらいつでも、おじいちゃんのお墓に水をかけに来ています。

あるとき、ラーメン、チャーハン、ギョーザの写真が、大事そうにビニール袋に入れて置かれていました。おじいちゃんの大好物にちがいないと思いました。

二人とも「こんにちは」と、いつも笑顔であいさつしてくれます。

天高く馬肥ゆ

秋の夜長、いろんな虫の声が聞こえて来るようになりました。

キリギリスは「ギーッチョン」、コオロギは「コロコロリー」、マツムシは「チンチロリン」、スズムシは「リィーンリィーン」と鳴くと小学生向けの本にあったので、私のお気に入りはいかにも涼し気なスズムシの鳴き声だと再確認しました。

毎年なんとか猛暑をくぐり抜け、お参りの多いお盆とお彼岸を無事に過ごすことが出来たら、一年で一番好きな季節がやって来ます。しばらくは澄み渡った空の下、墓守をしていてよかったと思える秋です。

夏の終りから、隣のお寺のムクゲが白い花を咲かせ、つぼみに戻ったかのようにしぼんだ状態で花を散らせます。最初は、「こんなにつぼみが落ちて来て、何で?」と思いましたが、花はたった一日の命でその役目を終えると、翌日には落ちてしまうことを知りました。

ムクゲとは「木槿」と書き、「槿花《きんか》一日の栄」といわれて、栄華のはかなさに譬《たと》えられるそうです。

秋晴れの日には、うろこ雲やひつじ雲が見られるようになって、雲の動きを眺めているだけでも満ち足りた気分になっていきます。そのうち落葉に翻弄される日々となるのですが、束の間のパラダイスです。

秋も終りを告げるころには安定した爽やかな天気が続きますが、それまでは台風に見舞われたり、季節の変わり目の不順な天候で秋の長雨をもたらすこともあります。

お墓には、季節の果物のお供えが多くなります。リンゴ、ナシ、ブドウ、カキなどですが、お下がりは持ち帰っていただくようにお願いしています。

何しろカラスが獲物を狙っています。周囲には大きな樹木がたくさんありますから、鳥たちのねぐらには事欠きません。口の肥えた都会のカラスは、果物が大好物です。

「少しの間、お供え物はそのままにしといてもらえますか。あとはよかったら召し上がってください」

といって帰られる方が中にはあります。お気持ちはよく分かりますので引き受けることもありますが、目ざといカラスはあっという間にやって来ます。

無残に食い散らかした残骸を尻目に、人など眼中にないかのごとく飛び立っていきます。

「立つ鳥あとを濁す、か！」といいながら後始末をしています。

このころには決まって、

「ええ気候になりましたね。今年の夏は暑かった……」

と、皆さんのあいさつはこの言葉から始まります。

夏は暑くてやり切れないから秋の訪れが待ち遠しく、季節の移ろいを楽しむことが出来ます。いくつもの場面で「日本人に生まれてよかった」と思いますが、秋はひときわこの感を強く持ちます。

食べ物のおいしいこと。一年中あるニンジンやネギ、サツマイモなども、この時期には一段とおいしくなるように思います。きのこの香りも際立ってきます。

年齢とともにシンプルな料理が好きになってきたので、きのこづくしのバター炒めと白ワイン、最高です。さんまは安くてウマいの「安ウマ」で申し分ありません。新鮮なサバのきずしは日本酒で。

先日、弟が大事そうにしている赤ワインを失敬してしまいました。アルコールを切らしてしまった夜、「そういえば弟の部屋にあるかも」。

やっぱりありました。フランスの赤ワインです。

デパートで尋ねたところ、マルキーズデシャルムというそのワインは十二本一箱単位でなら取り寄せ可とのこと。清水の舞台から飛び下りた気持ちで注文しました。

せめてもの償いと思ってのことでしたが、弟にそっと返しておいたのは律儀に一本だけでした。

ことの次第を、弟はまだ知りません。

思い立ったが吉日

三年前の二月の寒い日のことでした。お参りの田口さんが、一〇〇本ほどの白い菊を持っておいでになりました。ほとんどのお墓に花はなく、墓石ばかりが目立つ色彩に華やかさのない時期でした。

田口さんはタクシーの運転手さんで、とても気さくな方です。

「向こう三軒両隣ではないけど、縁あって同じ墓地に入らせてもらう身、よそにもお花入れてもええよね」

と、おっしゃいます。

もちろん大歓迎です。以前、鹿児島にお墓を持つ知人から、自分とこのお墓だけでなく、皆よそのお墓にも花を供える、と聞いたことがあります。鹿児島県の花の消費量が日本でもトップクラス、と聞いたこともあります。

私も喜んでお手伝いしました。片方の腕に白い菊をたくさん抱えて花立てに一本ずつ、田口さんも私も花売りにでもなったような格好で、思わず笑いがこみ上げてきました。

田口さんはギャンブルが大好き、とおっしゃっていました。さては万馬券でも当てたか、ふと脳裏をよぎりましたが、善意の中身は問うまい、と口にはしませんでした。

辺りはまたたく間に白一色に染まりました。白い菊が、とても高貴な花に見えます。色とりどりもいいけれど、白一色は鮮やかで気品が漂います。

後にも先にもお墓がこんな空気に包まれたのは、これ一度きりです。写真を撮っておけばよかった。なぜ思いつかなかったのでしょうか。その後一か月近く、冬の菊は枯れませんでした。

このことはお参りの人たちの知るところとなり、明るい話題としてしばらく語り種《ぐさ》になっていました。

年が明けて冷え冷えとした二月、隣の墓地にあるケヤキの葉っぱが全部なくなって幹と枝だけの殺風景な場面とともに、田口さんの白い菊のことを思い出します。

ケヤキが殺風景と書きましたが、落葉樹の四季の変化をつぶさに観察することになったのは墓守をしているお陰です。

お墓は上町台地の急な斜面や崖《がけ》を利用していますから、崖下の隣の墓地は一〇メートルほど低いところにあります。そこにある高木のケヤキは二〇メートル近くあると思いますが、私はいつも見上げてはカラスの様子を探っています。

新緑のころは葉っぱにまばゆいほどの光沢があり、湿気がなくカラッとした気候ととてもお似合いです。

猛暑の盛りも葉っぱは青々として、容赦なく照りつけるギラギラした太陽に動じることはありません。

秋も深まったころ、その葉っぱは茶色がかった色に紅葉し、冬を迎えて殺風景な姿に様変わりしていきます。

イチョウの場合は「黄葉《こうよう》」と表記しますが、落葉の時期はケヤキよりだいぶ早いようです。風がそよぐたび枯れ葉が舞って私はおろおろ、さっき掃いたばかりの墓地を眺めては恨めし気に溜息をつくことになります。そんなとき、

「あの木の葉っぱが全部なくなるまで、しゃあないで。あんまりがんばらんでもええやん」

と、お参りの人に慰められています。

その点、常緑樹のクスノキは年中平然と構えています。少し香りがあり、それは気にならないのか、カラスや鳥たちの格好の住処となっています。

カラスはその日によって、まだ私は原則を見い出せないのですが、カアカアと合図して会合でもあるのかと思うほど騒がしく飛び交うときと、まるで姿を見せないときがあります。気候でもなし、何によって変化があるのかカラスに聞いてみたいところです。

満を持《じ》す

私が墓守をする霊園では、春にはお花見を心待ちにしておられるお参りの人がたくさんいらっしゃいます。

借景ではありますが、西隣のお寺のサクラは急な斜面の都合で霊園より五メートルほど下に植わっていますので、ちょうど私たちの目線の先、手の届くところで花を見ることが出来ます。

普通お花見はサクラの木の下で、ということになりますが、ここでは珍しい光景で見上げるサクラではありません。つぶさに観賞出来る目の前にあるサクラです。

このような環境にありますから、開花するまでの変化をじっくり観察することが出来ます。

一年で最も寒い二月ごろから、枯れているようにも見えるサクラの木は開花に向けて静かに生気を取り戻し、着々と準備をしているようです。

そのうち、枝の先に何やら丸い茶色い芽のようなものをつけ始めます。最初は、よくよく見ないと小さすぎて気がつきません。

これは冬芽《ふゆめ》といって、花になる芽は丸く、葉っぱになる芽は細長いそうです。花になる芽はひと足早くふくらんで、つぼみらしくなっていきます。

つぼみが開花するまでは、なかなかドラマチックです。寒い日と暖かい日が交互にやって来ますから、もう咲きそうなときでも寒さに見舞われて心閉ざしたかのように堅いつぼみに逆戻り。かと思ったら暖かい日が続いて、肉眼でも開花の様子が見えるかと思えるほどの早さで花咲かす日があったりします。

満開になるとあとは散るのを待つばかりですから、五分咲き、七分咲きの楽しみの方が勝《まさ》ってきます。

霊園から見えるサクラはソメイヨシノですが、桜前線とはソメイヨシノの開花日を線でつないだもの、と聞いたことがあります。桜前線北上は九州南部から東京までは約一週間、東京から北海道までは約一か月半かかっているそうです。

満開の花びらがはらはらと散り始めたころ、私はいつも、

「散る桜　残る桜も　散る桜」

と、サクラに向かっていっています。

これは一節に、江戸時代の歌人でもあった良寛和尚の辞世の句ともいわれていますが、定かではありません。人の一生のいろんな場面に当てはまる名句と思い、私はたいそうこの句を気に入っています。

サクラの時期にいつも思い出す中学校時代の話があります。平安時代の歌人・在原業平の句に、

世の中に　絶えて桜の　なかりせば
春の心は　のどけからまし

というのがありますが、これが授業で取り上げられたときのことです。句の解釈をする前に先生が、作者はサクラが好きか嫌いか、という質問をしました。

二者択一です。先生がこんな質問をするのは、この句に逆説的な意味が含まれているからだ、と思いました。サクラはあった方がよいのか、ない方がよいのか。

世の中にサクラというものが存在しなかったら、春の心はどんなにかのんびりと静かに過ごせるだろうに――と作者はサクラへの愛着を詠んでいる、という先生の解釈がのちにありました。

しかしこのとき、いまとは違って私はサクラを嫌っていました。咲き乱れたときに可憐さからはほど遠く、派手で華やかな開き切った様子は好みではありませんでした。またそのようにしか感じることが出来ませんでした。

先生の問いに私は、「作者はサクラが嫌い」の方に手を上げました。考えれば考えるほど、「人の心を惑わすサクラなんか嫌い」と作者も思っているに違いない、と確信してきました。

大半は、「作者はサクラが好き」の方に手を上げて正解しましたが、未だに私は「好きと嫌いは表裏一体」の思いに戸惑っています。

歳月人を待たず

サクラの花が散って葉ザクラの緑が際立ってくるころ、入れかわるようにしてハナミズキが白やうす桃色の花を咲かせます。上町台地では寺院の境内や公園に多く見られます。

花と書きましたが、花びらに見えるのは包《ほう》と呼ばれる葉が変形したもので、実際の花は中心部に密集しているものをいうそうです。正しくは「白やうす桃色の包葉《ほうよう》に包まれた花」ということになります。

五月から六月にかけて快適な気候の中で見るハナミズキの色彩は美しく、背丈はサクラと同じくらいです。

一青窈《ひととよう》の代表曲「ハナミズキ」は大ヒットしましたから、この木があのハナミズキ、と認識されることが多くあったかもしれません。私もその一人でした。

サクラとハナミズキの共通点は、紅葉《こうよう》の美しさです。薄茶色からだんだんと濃くなっていき赤を連想させるグラデーションは、ただただ見事です。

虫喰いのないきれいな一枚を見つけたら、何に使うというわけでもありませんが持ち帰って保存しています。

ハナミズキの花が散ったころ、七十八歳で亡くなられた道上さんのお父さんの命日がやって来ます。

六年ほど前に奥さんに先立たれ、お墓を建てられました。息子さんと二人暮らしになった道上さんは、パーキンソン病がゆっくり進行しておられるようでした。お会いした最初のころは、車を降りてからお墓までの一〇メートルほどをひとりで時間はかかりますが、ぼちぼち歩いて来られていました。

私と話すことが楽しみのようで、息子さんから伺ったことがあります。毎週のように土曜日に奥さんのお墓にお参りされ、墓石をきれいに拭いておられる姿がいまも目に浮かびます。

そんな道上さんの一周忌が過ぎて、いまは奥さんと一緒に眠っておられます。脳卒中で倒れたあとは長患いすることはなかったそうです。しばらく息子さんとのツーショットを見ないなぁ、と思っていた矢先の出来ごとでした。

「ほな、帰ります」

と息子さんは、お父さんと一緒にお参りに来られていたときと同じ様子で、少し離れているところにいてもいつも声をかけてくださいます。

息子さんは四十を過ぎておられるようですが、独身でひとりっ子だそうです。物静かな方ですが好男子で、いまからでもお相手は見つかりそうです。私は秘かに女性を伴ってお参りに来られる日を心待ちにしているのですが……。

道上さんは日本酒がお好きなようでした。晩年は、「ちょびっとの酒をチビチビやるのが楽しみで」と昼酒の話をされていました。

もうおひとり、気軽に声をかけてくださっていた荒尾さんが、お亡くなりになりました。十二歳も年下の奥さんに先立たれ、お参りのときは三十分以上おられました。

おやつやお弁当持参で、お墓の前に座って語りかけながら食べておられました。きっと亡くなった奥さんと一緒に食事がしたかったのでしょう。

荒尾さんの納骨もようやくすんで、安らかにお二人で眠っていただきたいと思います。

顔見知りの方が亡くなられて、お墓に入られることが増えてきました。訃報を聞くたび、お墓にまだ入っておられなくても思わず手を合わせてしまいます。

お亡くなりになった道上さんも荒尾さんも、奥さんのお墓参りを熱心にしておられました。荒尾さんには三人の子どもさんがおられるそうで、道上さんともどもお墓を守ってくれる人がいるので、亡き父上は安心されていたことと思います。

故人の冥福を祈るために仏式では四十九日をすませたら、百か日、死亡した翌年の一周忌、二年目の三回忌、そのあとの七回忌、十三回忌、十七回忌、二十三回忌、二十七回忌を経て、三十三回忌までは法要を営むことが一般的とされているようですから、私も亡き父の、次は七回忌を営みたいと思っています。

降ってわいたような…

　お墓でのいたずらといえばカラスがお供え物を食い散らかすのが何といってもナンバーワンですが、二月の寒いころになるとヒヨドリが餌《えさ》を求めてひんぱんにやって来ます。「ピーョピーョ」とかん高い声で鳴き、スズメとハトの中間くらいの大きさで、青みがかった灰色をしています。

　小菊が大好物と見えて、それも新鮮なものばかりを狙って食い散らかしていきます。冬場の花は三週間ほど美しさを保ちますから、憎ったらしいことこの上ありません。

　そのあとついてまわるのが、必ずといっていいほど墓石にフンを落としていくことです。畑の果物や野菜もヒヨドリによる被害は大きく、小さい身体のわりには獰猛《どうもう》な鳥として悪い評判を取っています。

　対策はこれといって見当たりません。お供え物は持ち帰ってもらえても、花立ての花は枯れるまでお供えしてあります。まあヒヨドリの身になってみたら死活問題ですから、皆さんにお許しいただいていますが……。

　人のいたずらといえば、お供え物のビールや日本酒などのアルコールを目当てにウロウロする住所不定の何者かがいますが、それ以上の被害を及ぼすことはありません。

ある年のお正月のことでした。記憶に残る悪質ないたずらが起こりました。

大きな声で意味不明の歌をうたいながら、金髪でサングラスをかけた若者がお墓にやって来ました。それだけでも非常識なふるまいですから、立ち去ってもらおうと思い、

「お参りの方ですか」

と、声をかけました。まさか、お参りとは思えません。

すると若者は「山上」と名乗り、勝手知ったる様子でどんどん歩いて「山上家之墓」の前に立ちました。五十代で亡くなられた女性が納骨されているお墓でしたから、息子さんやったんか、と思ってほっとしてその場を離れました。

歌声もなく静かになっていましたから、私は安心しきっていました。いろいろ用事をすませているうちに十五分ほどが過ぎて、次に彼を見たのははるか坂の下で、後ろ姿は小さくなっていました。

念のため山上さんのお墓に行ってみたら、墓石のてっぺんに花を置き、缶コーヒーをかけたらしく茶色い液体で汚れていました。辺りを見廻したら、あちこちの花立てから花を抜いて散らかし放題です。

お参りの人からは、坂道のあちこちに花が置いてあって気持ち悪かった、といわれました。花というのはお墓用に束ねたお供えの花のことです。

タバコが散乱して、雑誌を立てかけたお墓もありました。なぜ若者がこんなことを、と腹が立つと同時に、神経が病んでいるのか、とも思いました。

それ以来若者は一度も現れていませんが、本当に「山上くん」であったのか今もって疑問です。

その後、山上家では法事の折に親族大勢でお参りに来られましたが、あの若者の姿はありませんでした。

どの家庭にもそれなりの家の事情というものがありそうで、計り知ることは出来ません。体裁をとりつくろって他人と接するところは大きいと思います。

一度、いつもお母さんと寄りそうようにしてお父さんのお墓参りに来られる娘さんに尋ねたことがあります。

「いつもお母さんを大切にされてて、私とはえらい違いです。どうしたらそんなに思いやりが持てるのか教えてほしいです」

すると娘さんは、

「家ではこうはいきません。私ら二人とも外面《そとづら》抜群やから」

と。

私も同じで安心しました。

Ⅱ　生きとし生けるもの

あごが落ちそう

私は二八年間ほど上町台地の住人でした。当初はこの地が大阪の歴史発祥の地であることはおぼろげでしたが、大通りから一歩入ると古い寺院が多くて静かなところが気に入ってよく散策していました。

わが家は上本町でしたから、東へ行けば焼肉のメッカ鶴橋、西へ行けば繁華街の日本橋や難波、南へ行けば四天王寺や一心寺があって、大坂夏の陣ですさまじい戦場と化した夕陽丘一帯、北へ行けば大阪城や難波宮跡と、東西南北徒歩三十分前後の圏内にまったく異なった風景を見ることが出来ました。

ここを離れて生駒山麓に住むようになって三年半が経ちましたが、墓守をしているお陰でいまもこの場所とつながっていて、なおいっそうの愛着を感じています。

東西南北どっちを向いても、おいしく食べて飲める店がたくさんあって、散策の楽しみは夜も絶好調です。

近鉄大阪上本町駅があるのは上本町六丁目で、私たちは略して「上六《うえろく》」といっています。ここをスタート地点として「駅長お薦めハイキング」で上町台地を散策するコースがいくつかあって……、という話を前に書きました。

今回は、ここから東西南北それぞれが特有な姿を持つ街の様子を紹介してみたいと思います。まずは東から――。

上本町六丁目の交差点を中心として道路は、東西に千日前通り、南北に上町筋が走っています。交差点から千日前通りを一キロ余り東へ行ったところが鶴橋駅で、近鉄、ＪＲ、地下鉄が利用出来ます。

鶴橋に向かって千日前通りを歩いていると、途中に焼肉や韓国料理の店が何軒かあって、鶴橋が近いことを感じさせてくれます。

上本町は近鉄百貨店やシェラトン都ホテルがあって都会風ですが、一方の鶴橋は駅の高架下で焼肉のにおいを放って飲食店がひしめきあっています。

戦後の闇市に端を発して、現在の商店街を形成するに至るまでその持ち味をほとんど変えることなく、焼肉といえば鶴橋で夜な夜な賑わっています。ＪＲ鶴橋駅の西側に焼肉の店が集まって、ホームに立つとそのにおいで食欲がそそられるほどです。

東側はコリアゾーンになっていて、細い道で区切られた右左に大小の店がたくさん並んでいます。人目をひくのは色鮮やかなチョゴリや布地を扱う店で、雑貨や日用品の店、種類豊富なキムチの店、韓国食材の店などがあってアジアの香りが漂ってきます。

コリアゾーンの先に青果市場や鮮魚市場があって、朝早くから仕入れに来る人たちの姿が見られます。ここは鶴橋卸売市場になっていて、私が一時期手伝っていた居酒屋の板前さんは、毎朝ここで鮮魚類の仕入れをしていました。

コリアゾーンではハングル文字の看板があちこちに見えて、戦後から在日韓国・朝鮮の人たちの暮らしを支えた場所であることが伺えます。

そういえば、いつのころからかキムチをこぞって食べるようになりました。焼肉もみんな大好きです。一帯は国際マーケットと呼ばれて、コリアパワーの威力恐るべし。

私としては、焼肉は塩こしょうで食したいところです。せっかくの上質な牛肉を有無をいわせない勢いでタレにつけてもみこむ、「あっ、ちょっと待って、私はタレをつけずに」という間もないほど、お店ではタレのついた肉が出てきます。

最近はテレビや雑誌などで大きく取り上げられていて、鶴橋は観光スポットとなりました。店舗は四つの商店街と二つの市場の全エリアで八〇〇店余りだそうですが、まるで迷路のようになって昼間でもうす暗い感じがするので、とてもミステリアスです。

かつては上六の駅前にも、闇市から始まった飲食店を中心とする店舗の密集した一帯がありましたが、そこはいまから約三十五年ほど前に複合型商業施設「ハイハイタウン」に生まれ変わりました。

駅前の風景に個性がなくなりつつある中で、鶴橋の強烈な存在感はなくならないでほしいと願うばかりです。

百聞は一見にしかず

散策は鶴橋を背にして、上本町六丁目（上六）の交差点から千日前通りを西へ向かいます。南北をつなぐ谷町筋、松屋町筋、堺筋と順に横切ったら大阪難波の繁華街一帯が広がり「ミナミ」と呼ばれるエリアに入ります。

松屋町筋は上町台地のほぼ西の麓《ふもと》にあるため、谷町九丁目（谷九《たにきゅう》）からの千日前通りは急な下り坂になっているところがあります。

松屋町は「まっちゃまち」といわれて、ひな人形、五月人形の老舗が並び、古くからおもちゃやお菓子の問屋街として知られています。

近鉄は大阪上本町駅から地下を走り、地下鉄千日前線と並行して難波方面へ線路が続きます。西へ向かう千日前通りと谷町筋の交差点が谷町九丁目、堺筋の交差点が日本橋一丁目ですが、上六や谷九のように略して「日本一」とならなかったのは、何で?

上六から難波までは二キロ余り。千日前通りを進んでいくと、堺筋に近づくにつれて目前に繁華街の気配が漂ってきます。気をとられているうちに「ミナミに着いた！」。

ミナミは夜の部であとまわしにするとして、まずは日の高い方の散策から——。

谷九からすぐのところ、千日前通りを一本北の筋に入って進むと右手に高津宮（高津神社）の参道入口があります。

短い参道の半ばから左右にサクラの公園が、まっすぐ先に階段があって登ったところに本殿が見えます。境内全体が小高い丘のような地形になっています。

高津宮の創建は八六六年で仁徳天皇がお祀りされ、豊臣秀吉が大坂城築城のため一五八三年にこの地に遷しています。生玉さん同様、ここでも歴史の重みを感じます。

地元の人たちはサクラの名所として親しみ、わが家からは近かったので足繁く通ったことを思い出します。参道から両手にサクラの園が広がって、空をおおうように満開の花を咲かせます。

境内に隣接してイタリアンのおしゃれなカフェレストランがあって、開放されたテラスからのお花見も申し分ありません。

古典落語「高津の富」では、ここ高津神社を舞台にしています。宿屋の亭主とほら吹きのおっさんが登場して富くじ千両を当てる話で笑わせてくれたのは、惜しまれながら世を去った五代目桂文枝師匠でした。

この落語が縁で参集殿は「高津の富亭」と名づけられ、定期的に落語会を催しています。

数あるイベントの中でも「高津宮とんど祭と屋台」は成人の日のたった一日の開催ですが、ジャズライブや落語、漫才、上方講談、大道芸ほか関西を代表する人たちによる舞台を見ることが出来ます。

注目すべきは屋台で、上町台地の名店が揃って大人気です。ミシュランで星を獲得した店も出店。氏子グルメ屋台が結集します。

またこのイベントで、「高津の富」を再現した富くじを復活させて、落語と同じ手法を用いて当たりを決めて楽しんでいます。遊び心いっぱいの愉快な神社のイメージが定着しています。

次は、国立文楽劇場に向かいます。千日前通りを松屋町筋から堺筋に進むと右手にあります。

大阪市は地元の大阪で育まれた日本の伝統芸能である文楽の存続に厳しい条件をつきつけています。ですが、「文楽鑑賞教室」「社会人のための文楽入門」なども開催して、文楽を身近なものに感じてもらうような試みがなされています。

支援の輪も少しずつ広がっていて、今年は劇場の開場三〇周年を迎えました。

劇場は七〇〇席余りのホールのほか、一六〇席余りの小ホールがあって、一般にも広く利用されています。

日本舞踊など芸事を習っている人の中には、発表会などで舞台に立った経験を持っていらっしゃるかもしれません。

お墓へお参りの人の中にも、地唄舞で登場した人がおられました。

切磋琢磨《せっさたくま》

文楽は、義太夫の浄瑠璃語りと太棹《ふとざお》の三味線、人形を巧みに操って生命を吹き込む人形遣いから成る芝居ですが、浄瑠璃の作者として次々と作品を生み出したのが近松門左衛門でした。江戸時代の中期、語りの竹本義太夫と組んで一〇〇曲以上の作品を残しています。

その作品のひとつに上町台地が登場している話があります。遊女お初と、しょう油問屋の手代の悲恋を描いた名作「曽根崎心中」では、冒頭の場面で生玉神社（生國魂神社）が登場します。

ミナミへ向かって、散策の続きです。

千日前通りをはさんで南側、国立文楽劇場のほぼ向かいに黒門市場があります。堺筋の一本東側の筋をメーンに店舗が広がっていますから、千日前通りに面した入口は大きくありません。もう一〇年以上も前ですが、ＮＨＫの朝の連続ドラマ「ほんまもん」の舞台になったところですから、知名度はグンと上がっていると思います。

ミナミの割烹や料亭の仕入れはここが中心で、プロの目が光っています。鮮魚店が最も多く、フグやマグロ、クジラ、エビなどの専門店などが際立って、全部で一八〇店舗ほどが軒を連ねます。

ここ数年はアジアからの観光客が多く見られ、店先では串刺しにして焼いた魚貝類や串かつを売っていたり、立ち食いも可能な店があり、いいにおいが漂っています。

私が墓守をする霊園からも近く、たまに老舗のお漬物屋さんやマグロ専門店で買い物をして帰ります。

カレーの専門店が二軒あって、一軒はスパイシーでコクのある味、もう一軒はウスターソースをかけて食べたい昔なつかしの味で、人気を二分しています。私はどちらも好きで、昔なつかしの方はルーのお持ち帰りをすることもあります。

飲食店関係の人たちが仕入れに来ますから、店で使用する食品以外のあらゆる消耗品、割ばしや折箱、伝票なども含めて、厨房器具や食器と一緒に販売する大きな店舗もあります。

市場のうら東側一帯に、店舗とは別に自社ビルを構えたり、仕込みをする大きな厨房兼事務所を持つ鮮魚店があったり、会社組織として事業を大きく展開しているところもあります。

戦後の復興めざましく、市場内の店舗は小さくても、大きな商いをしているのが見て取れます。

黒門市場一帯は堺筋の東側にあたりますが、堺筋を越えた西側一帯、南海難波駅の北東側あたりは新旧入り交じる飲み屋中心の飲食街となっています。最近では明るい路地となって「ウラなんば」と呼ばれ、雑誌などで取り上げられる注目のスポットです。

「安ウマ」はもちろん、若者の個性が生きる店も多く、「ディープな大阪」が味わえると評判を呼んでいます。古くからあるキャバレーや大広間で大宴会の出来る老舗とも共存して、ミナミでも異彩を放っています。

堺筋をさらに南へ。日本橋三丁目から五丁目あたりですが、東京の秋葉原と並ぶ電気街、日本橋筋商店街「でんでんタウン」が広がっています。

一般の家電販売店よりも、いまはパソコン関連の店舗が増えて、電子部品の中古や各種のパーツ、またアンプやスピーカー、音響パーツを扱う店にマニアが集まってきます。アニメショップ、ＤＶＤやゲームソフト、スマートフォンを扱う専門店もたくさん出来ました。

このあたりから南側に、通天閣が大きく見えています。

ここから引き返して、堺筋を千日前通りまで戻ることに。千日前通りを西へ進むと左手に「ビックカメラ」の大きな看板を掲げるビルが見えてきます。このビルの前を千日前通りをはさんで南北に賑やかな通りがあり、それぞれの入口に「千日前」の看板。これはいま歩いている千日前通りとは別物の千日前筋です。

意気揚々

盛り場と呼ぶのにふさわしい「ウラなんば」ですが、一帯は堺筋から千日前筋まで続きます。東西を走る千日前通りから南側にあたる繁華街・千日前筋の表通りには、なんばグランド花月が威光を放っています。

劇場前では人気の芸人さんたちの着ぐるみで通行人を楽しませて、あたりは吉本一色といったところ。向かいにお笑い専門のワッハ上方（大阪府立上方演芸資料館）があります。落語・漫才・講談・浪曲などの上方演芸と、上方喜劇に関する情報を得ることができます。

千日前通りより北側には、千日前筋の表通りを、東西の裏通りともいうべき露地が何本も横切っていて、賑やかで雑多な空気に包まれています。

法善寺は、千日前通りから千日前筋を北へ二本目の西寄りにあります。三本目の露地の入口に三代目桂春団次の書「法善寺横丁」の看板があって、横丁は西へと続きます。西の入口には藤山寛美の書で同じく看板があって、南側に法善寺。

かつて火災で消失した法善寺横丁でしたが、見事に復活。幅三メートルの二本の露地が八〇メートルほど続いて、約六十軒の店が集まっています。

老舗の割烹や小料理屋、バーをはじめ寿司、洋食、お好み焼き、焼肉などバラエティーに富んでいて、どこも石畳の露地にふさわしい雰囲気の店構えです。

織田作之助は法善寺を「大阪の顔」と呼びました。苔むした水掛不動、線香のにおいと煙、水にぬれた石畳、柳など「浪花情緒あふれる」といわれる純和風な光景が広がっています。

ここは織田作の小説『夫婦善哉』の舞台になっていて、映画化も。「行き暮れて／ここが思案の／善哉かな」の碑があります。

私は繁華街をあまり好みませんが、ミナミで最も好きなのが法善寺横丁です。ここへ来るといつも「〽庖丁一本さらしに巻いて～」と、頭の中は「月の法善寺横丁」（十二村哲作詞・飯田景応作曲）を歌っています。この歌詞の碑も建立されています。

長いせりふで芝居がかった歌ですが、大阪出身の演歌歌手・藤島桓夫の鼻に抜けるような歌声が大ヒットしたのは昭和三十年代でした。

三番の歌詞に、

「〽意地と恋とを包丁にかけて　両手あわせる水掛不動　さいならこいさん　しばしの別れ」

とありますが、改めて歌詞を見ていると、人生の応援歌をこれほどまでに切なく描くとは、と感じ入ってしまいます。

ふたたび千日前界わいの話に戻って――。

いまは一大繁華街ですが、明治維新後まで一帯は墓地や刑場になっていて、千日墓地と呼ばれていました。刑場の廃止、墓地の移転によって跡地は再開発されて、今日の様相へと変貌を遂げていきました。

私の散策はここらあたりまでで、若者の多い心斎橋やアメリカ村へは足が向きません。

先日、所用で難波付近の御堂筋を歩いていたら若い女性に、「ひっかけ橋ってどこですか?」と聞かれました。

一時期よく聞いた「ひっかけ橋」。道頓堀川にかかる戎橋のことをいっているのでしょうが、この呼び名は未だ健在のようです。

ミナミには、父と出かけた子どものころの思い出があります。千日前にあった大劇《だいげき》（大阪劇場）へ「西田佐知子ショー」を見に行ったことです。

父は熱烈なファンでした。大ヒットした「アカシアの雨がやむとき」は映画にもなって、これも二人で出かけました。

大劇の跡地は、いまは「なんばオリエンタルホテル」となって、なんばグランド花月の北側にあります。

夜のミナミへ繰り出したら、二軒目に高校時代の友人がママのスナックへ寄っていきます。

場所は宗右衛門町筋の日本橋側入口角のビル。この店のお話はのちほど出てきます。

風光明媚《ふうこうめいび》

いよいよ南に向かい夕陽丘の散策に入りますが、その前におおまかな位置関係を把握しておきたいと思います。

上本町六丁目の交差点を南北に走る上町筋は、約一キロほど南に位置する四天王寺の手前でいったん突き当たり、東へ折れてすぐ再び南へ向かって四天王寺の東大門の前を通ります。上六から六〇〇メートルを過ぎたあたり、上町筋に面して西側に大阪国際交流センターと併設のホテルがあります。

上町筋の突き当たりを西へ折れると谷町筋に出ます。谷町筋は上町筋と並行に西側を走っています。この先、谷町筋より東側が四天王寺、西門前を谷町筋を渡って西へ進むと一心寺に着きます。四天王寺は谷町九丁目の交差点から南へまっすぐ。ＪＲ天王寺駅の手前にあります。途中で参道の入口がありますから、こちらを歩きましょう。

北は千日前通り北側の高津宮、南は一心寺あたり、谷町筋と一本西側の松屋町筋にはさまれた一帯を夕陽丘と呼んでいます。

ここから見る夕陽の美しさは西方浄土の信仰とあいまって、いまもなお尊ばれています。

松屋町筋に面した下寺町《したでらまち》は夕陽丘の南北約一キロにわたって寺院が建ち並んで、このあたりが上町台地でも低いところですから、寺院の背景はどこも崖の上で高くなっていて樹木が繁っています。都会の一角の風景とは思えないほど、年月を経た寺院の姿は厳《おごそ》かで格別の趣《おもむき》があります。

天王寺七坂のうち源聖寺坂、口縄坂、天神坂は、松屋町筋を入口にして東に上っていきます。一番南の一心寺に面した逢坂は現在国道二十五号線となっていますから、景色を楽しむだけで坂道の風情はありません。通天閣が大きく見えています。

七坂はのちほどゆっくりと散策して、夕陽丘の歴史に触れてみたいと思います。散策のよすがとなってよく利用されているものに、「天王寺七坂ご利益いっぱい歴史も満載スタンプラリー」（てんのうじ観光ボランティアガイド協議会発行）があります。

七坂の指定の社寺でスタンプを押す台帳になっていて、簡単な説明と道案内のイラストマップがついています。一〇〇円。生國魂神社や一心寺、天王寺区民センターなどで販売しています。墓守をしていて、この台帳を片手に七坂巡りをする人たちとよく出会います。

夕陽丘のお隣ですが一心寺の南側一帯、ＪＲ天王寺駅までが天王寺公園です。茶臼山《ちゃうすやま》と呼ばれる丘陵になっており、大阪市立美術館や慶沢園（大正時代に財閥住友家が美術館の用地と庭園を大阪市に寄贈）があり、低くなった西側エリアが天王寺動物園となっています。

谷町筋と並行に西側を走る松屋町筋は、一心寺前までで終っています。

天王寺公園より西隣一帯が新世界と呼ばれる一大繁華街で、通天閣を中心にして飲食店や大衆演劇の劇場、映画館など懐かしい風景と今風の店舗が融合しています。名物串かつの店など長蛇の列を作る光景があちこちで見られ、観光の名所として若い人たちにも大人気。

その南東側にジャンジャン横丁というレトロな商店街が続きます。ここは林芙美子の小説『めし』に出てきますのでのちほど。

さらに南に位置する住吉大社が、上町台地の南端といわれています。

住吉大社は上本町からの散策コースとしてはやや距離があるので、天王寺から路面を走るチンチン電車に乗ることにします。これは阪堺電車で、天王寺と堺の浜寺をつないでいます。住吉公園駅か住吉鳥居前駅を下車してすぐ。天王寺駅前駅からの所要時間は二十分ほどで住吉大社に行くことが出来ます。

住吉大社は初詣で参拝者数を誇っており、その数約二五〇万人もあるそうで、全国ランキング十位内に入っています。

太古の上町台地は「海に突き出た半島」といわれ、日本で最も古い神社のひとつ住吉大社は大阪湾に面していたことから航海の守護神としての信仰もあつかったようです。国家鎮護、和歌の神としても崇《あが》められています。

大阪では親しみをこめて「すみよっさん」と呼ばれて、朱塗りの欄干《らんかん》を持つ太鼓橋「反橋《そりばし》」が印象に残ります。橋の南東には川端康成の『反橋』の一文を刻んだ文字碑があります。

目に見えて

すっかり秋らしくなった十月下旬、四季折々に日帰りの散策を楽しんでいる仲間との約束の日がやって来ました。今回は「天王寺七坂巡りと、あべのハルカスでハンバーグとワインに舌つづみ」です。

夕陽丘の散策と決めたのは、「あべのハルカスにまだ行ってない！」の声があったから。

近鉄大阪上本町駅から直通のバスが出ていて一〇〇円で行けますが、七坂を巡って天王寺までの約三キロほどの道のりをゆっくり味わいながら歩くことにしました。

メンバーは女性四人で、ひとりは七十代、あとは六十代ですが、全員お酒が大好き。このうちのひとりは、都合で後半の「舌つづみ」のみの参加になってしまいました。

この日の散策は谷町九丁目で落ち合って、七つの坂を北から順に歩くことにしました。谷九から千日前通りを西へ、左手三つ目の筋が真言坂です。この坂だけ北から南へ、あとは松屋町筋から東へと向いています。

真言坂は生國魂神社（生玉さん）の北門へと続き、いまは両側にマンションが建ち並んでいますが、かつては真言宗の寺院や遊郭がありました。真言坂から東側一帯は、夜ともなれば派手なネオンが人目を引くラブホテル街です。

「性域と聖域は隣合わせ」とつぶやきながら、ゆるやかな石畳の坂道を上りました。坂道の終りに生玉さんの立派な常夜灯一対があって、「萬延元年」（一八六〇）と刻まれています。

境内は紅葉した落葉に色どられ、美しいサクラの葉を見つけました。もとは大坂城付近にあった神武天皇時代からお祀りされた神々を、大坂城築城のため豊臣秀吉がここに移した、などと皆に簡単に説明しながら、織田作之助や井原西鶴、米澤彦八の碑を見て廻りました。生玉さんについてはのちほど出てくるのでこのへんにしておきます。

正面から出て前の道を南へ、生玉少年ソフトボール球場を右に見て進むと源聖寺坂の入口にさしかかります。それぞれの坂道には、名前の由来や坂にまつわるエピソードが書かれた案内板があります。

ここは上り口に源聖寺があるので、その名をとって源聖寺坂。この坂を西へ下ります。入口の南側には銀山寺、坂道を入ってすぐの北側に齢延寺があり、石畳の坂道は途中階段になっていて大きく蛇行しています。

上町台地の崖っぷちの特徴を如実に現していて、松屋町筋まで下って振り返ると、かなり高いところから下りてきたことが分かります。この源聖寺坂は次の口縄坂と並んで、七坂の中でも名を馳せています。

古い石畳は情趣に富んで、階段の途中からは時代を経た寺院が立ち並ぶ下寺町となります。下寺町は松屋町筋に面して一キロほど続きます。北は千日前通り、南は逢坂の手前まで、二十四の寺院が並びます。

寺院の創建は豊臣秀吉の時代にまでさかのぼりますから、四〇〇年余りを経ています。大きな甍《いらか》に圧倒されながら、風雪に絶えた寺院を眺めるのは心が鎮まります。

私たちは源聖寺の北隣にある浄国寺へ立ち寄ることにしました。ここには遊女・夕霧太夫のお墓があります。井原西鶴が『好色一代男』で大絶讃した才色兼備で、おまけに床上手であったとか。

夕霧は、近松門左衛門の浄瑠璃や歌舞伎にもしばしば登場する売れっ子であったといいますが二十五歳の若さで生涯を終えて、美人薄命と惜しまれました。石塔には「花岳芳春信女」と刻まれています。

古い寺院の前を通りながら、松屋町筋を南へ向かいます。

源聖寺から五つ目に心光寺があります。山門から見えるのはインドのタージマハルを模した本堂で、昭和四年（一九二九）に建築家でもあった先々代の住職が再建されたそうです。「寺ヨガ」の貼り紙あり。

息をつく

「天王寺七坂巡り」の散策は続きます。

心光寺からさらに南へ。舗装された車道（学園坂）を横切って、次の筋が口縄坂です。口縄とは蛇のことで、道の起伏が似ているからこの名がついたといわれています。口縄坂を東へ上ります。

七坂のうちで最も道幅が狭く、上り坂の後半は手すりのついた階段です。寺院の塀《へい》を縫って上り切ったところに織田作之助の文学碑があり、『木の都』に描かれた口縄坂の一節が刻まれています。

この坂の写真には必ずといっていいほど、のんびりとした描が登場します。源聖寺坂とは対照的に、まっすぐに延びた坂道です。そのまま谷町筋まで進みます。

谷町筋沿いに西側を歩いて二筋目を西へ入ると、右前方に「愛染さん」の名で知られる勝鬘院愛染堂、正面に大江神社が並んでいます。大江神社の南側から愛染坂が始まります。

私たちは愛染さんへ立ち寄りました。大阪の夏祭りの始まりはここからですから、愛染さんへ行ったことがなくても、テレビや新聞などで取り上げられてよく知られています。

勝鬘院は四天王寺の支院として、聖徳太子が創建しています。四天王寺についてはのちほど出てきますが、薬草を植えて人々を救済した「施薬院」の役目を果たしていました。

国の重要文化財に指定されている現存の多宝塔は、豊臣秀吉によって桃山時代に再建されたものです。境内に映画『愛染かつら』にちなんだ霊木がありました。抜群の歌唱力を持つ同行のひとりが「〽花も嵐もふみこ～え～て～」と歌い出しました。

愛染坂を西へ下りますが、勾配は急で逆に上りならきついところ、一同胸をなで下ろしました。このあたりから見る夕陽がきれいといわれて、人気の坂道でもあります。

口縄坂と愛染坂の間に谷町筋から西へ入る道があり、家隆塚《かりゅうづか》へと続いています。藤原家隆は『新古今和歌集』の選者のひとりでもあった鎌倉初期の歌人で、晩年の一二三六年にこの地に移り住み夕陽庵《せきようあん》を設けています。

四天王寺の「日想観」を極めるためにやって来た家隆は、ひたすら夕陽を見つめて暮らし、翌年にこの世を去っています。

愛染坂の続きです。途中で坂道は終り突き当たりを左へ折れます。そのまま道なりに進むと清水坂の入口へ、ここから東へ上ります。南側は清水寺の高い石垣です。

清水坂は階段が続きますが、並行してスロープもあって自転車に配慮されています。手すり側に等間隔にしゃれた外灯があります。他に比べてモダンな坂の印象を持ちました。上り切って右手の清水寺へ。

清水寺はまるで棚田を連想するような形を作って西下へ墓地が広がっていました。上町台地の崖を上手に利用して、見通しのいいお墓となっています。

京都の清水寺を模して建立されて、清水の舞台からの眺望はなかなかのもの。いにしえの善男善女がここから海へ沈む夕陽を眺めた姿を想像してみました。

もとは四天王寺の支院で、京都の清水寺から譲り受けた聖徳太子作の十一面千手観世音菩薩がご本尊。玉出の滝と、立派な鐘楼がありました。

清水坂の南の筋に天神坂があります。安居天神《やすいてんじん》（安居神社）に通じる坂なのでこの名がつきました。西へと下ります。石畳の途中に、かつて天王寺の七名水のひとつといわれた「安居の清水」を再現したモニュメントがあります。

安居神社は大坂夏の陣で真田幸村が戦死した地で、本殿わきに「真田幸村戦死跡之碑」が建立されています。松屋町筋にさしかかる手前で天神坂は終ります。

七坂の最後の逢坂は、安居神社南側の前の国道二十五号線となっています。道路をはさんで向かい側に一心寺が見えています。まっすぐ東へ進んで四天王寺に到着しました。

四天王寺の山門前の喫茶店で、ひとまずビールでのどを潤して、昼下がりの散策が終りました。

次にあべのハルカスに向かいますが、夕陽が見られそうな天候ではなかったので三十階の展望台行きは次の機会に譲りました。

温故知新

「天王寺七坂巡り」を終えて、いったん北へ向かうことにします。上町台地の北の端にあたる大阪城へは、上本町六丁目の交差点から約二・二キロ。上町筋をはさんで大阪城の西側に大阪府庁や大阪府警察本部があります。

大阪城が近づいてくると上町筋の東側に緑地の難波宮史跡公園が大きく広がって、法円坂という地名のこのあたりが上町台地で最も高い位置にあります。天守閣が木立ちを隔てて姿を現しています。

公園北側を中央大通りと阪神高速が東西に走り、法円坂の交差点を渡って左手先に斬新なデザインの大阪歴史博物館とＮＨＫ大阪放送会館が一体となってそびえています。

広々とした空間が広がって、このあたり全体が古代の宮殿として遺跡の保存がなされている難波宮跡といわれているところです。

大阪の歴史を古代、中世、近世とおおまかに見ていきますと――。

難波宮の発掘調査は一九五四年から始まってその結果、古代の前期難波宮は孝徳天皇が飛鳥から難波に都を遷して新たに政権を握り、後期難波宮は七四四年に聖武天皇が再建したものとされています。

中世になって室町時代、本願寺八世蓮如がのちに大坂城となる場所に大坂石山本願寺を創ります。その後、石山本願寺と織田信長は一〇年にわたって対立しますが、和解しています。信長は大坂石山本願寺の地を自分のものにしますが、一五八二年の京都本能寺の変によって明智光秀に殺されました。

近世に移って、信長の遺志をついで一五八三年に秀吉が大坂城の築城を開始して三年後に完成、のちに全国を統一しました。秀吉没後、政権は徳川家康へと移ります。

一六一四年の冬、徳川家康が豊臣家の大坂城を攻めた大坂冬の陣が起こり、翌年の大坂夏の陣で大坂城は消滅し豊臣家は滅ぼされました。

その後、徳川幕府によって再建された大坂城は江戸城と同じ規模を持っていたことが確認されています。

徳川幕府の本拠地は江戸城でしたが、幕府の直轄地となった大坂は、城下町の復興めざましく整備されて大都市となっていきます。

二六五年続いた徳川幕府は一八六八年の大坂城炎上とともに終わりを告げますがその間、長きにわたって「城主なき城」として存在しました。しかし巨大な要塞としての威光を放っていました。

現在の大阪城天守閣は、秀吉築城以来約三五〇年が経った昭和六年（一九三一）に大阪市民の手によって復興されたものです。

このような歴史の流れをふまえて難波宮跡地に遺跡を保存しながら、また一部は公開されるというかたちで大阪歴史博物館が誕生したのは平成十三年（二〇〇一）でした。

地上一三四メートル十八階建てのNHK大阪放送会館の手前に、高さ八三メートル十三階建ての大阪博史博物館があり、二大建築物は対を成してアトリウムという大規模なドーム型の空間でつながっています。

博物館は真上から見るとラグビーボールのようで楕円筒《だえんづつ》の形をしています。建物の前は敷地の半分ほどはありそうな広場になっていて、五世紀の葦葺《あしぶき》が復元されています。

まずはエレベーターで十階まで。そこは古代フロアで、原寸大に復元された奈良時代の難波宮の大極殿が体感出来ます。難波宮跡や大阪城が一望出来てすばらしい眺望です。

九階は中世近世フロアで、大坂石山本願寺と信長の戦いの時代へ。町や人びとの暮らしを再現して、いきいきと描かれています。

八階は歴史を探る特集展示フロアなにわ考古学研究所。七階は近代現代フロア。大正末期から昭和初期にかけての心斎橋や道頓堀の街並を再現しています。

そして二階には学習情報センター「なにわ歴史塾」があり、私もよく利用しています。

乗りかかった船

上本町六丁目の交差点から北の大阪城へ向かう途中ですが、上本町三丁目と二丁目の境め上町筋から西側には、谷町筋を横切って松屋町筋まで続く空堀商店街《からほりしょうてんがい》があります。奇跡的に戦災を免れて古い街並を残し、いかにも庶民的な風情の商店街は八〇〇メートルほど。西へ行くほどに下りの坂道となって上町台地の特色を発揮しています。

豊臣秀吉の時代、大坂城の南側にあたるこの辺りには城の一番外側の防御施設となる南惣《みなみそう》構堀《がまえぼり》が築かれて、そこには水が張られていなかったため空堀という地名となっていまに残っています。

途中、上本町三丁目の交差点を空堀商店街とは反対側の東へ向かうと、大阪市内屈指のスポーツ公園として多くの人たちに利用されている真田山公園《さなだやまこうえん》があります。プール、野球場、テニスコートなどを完備して、公園内の緑の散歩道は憩いの場となって老若男女が訪れます。

大阪城までは散策コースとして打ってつけで、上本町の住人であったころは「私の庭は大阪城」と豪語して足を運んでいました。

一〇年以上も前のことですが、いまでも小太りの私ですが、さらに五キロほど太っていてコロコロしていました。皆のひんしゅくを買って、さてどうしたものか。

当時の仕事場は自宅でしたから一日のめりはりもつきにくく、ダラダラしていたことが体重増加の原因でした。スポーツは苦手ですから、ジムに通うという選択肢は残念ながらありません。

「そうや、ウォーキングなら私にも出来る！」、実行に移すのが早いというのが、数少ない私の長所のひとつ。さっそく上本町五丁目の自宅から大阪城へ。ぐるっとお城の外堀の外側を廻って約二時間ほどかけて帰宅。途中、空堀商店街や大阪博史博物館などへの寄り道は欠かせません。

週二日を目安に始めましたが、そのうち夕方になってウォーキングに出かけないと一日が終らないような気持ちになって、週五日は大阪城を見るようになっていました。

最初は体重が減るどころか、途中で酒の肴を調達して帰ったらすぐに夜の部のひとり宴会の毎日でしたから、太ったほどでした。

それでも続けているうちに、「あれ、減ってる」という日がやって来て、それを励みに二年ほど経ったころ、三〜四キロの減量に成功していました。

そのうち、このウォーキングが縁で見つけた近所の居酒屋を手伝うようになりました。運動量が増えたお陰で、深夜に飲み食いするにもかかわらずウォーキング開始以来、体重は五キロほど減っていました。

もう夕方にウォーキングをする時間はなくなってしまいましたが、大阪城の春夏秋冬を間近で二回見続けることになりました。姫路城や熊本城、松本城のたたずまいの方が好みではありますが、やっぱり大阪城には愛着を感じています。

サクラのころにライトアップされた天守閣は黄金色に輝いて、きらびやかな姿を現します。天守閣前の広場の石垣あたりからは、天神祭の花火が小さくではありますが楽しむことが出来ます。

季節によって木々が放つにおいに変化があることに気づかされました。バードウォッチングをする人もたくさんいて、「鳥が好きやったら楽しいやろうに」と思いながら眺めていたのを思い出します。

梅林が満開のときは、素人カメラマンが急増して、高価なカメラのシャッターを切る中高年の人たちの多いこと。中には道をふさぐようにして夢中になっているマナー違反がいて、ムッとしたこともあります。

さすがに夏はしんどい思いがありましたが、そのあとの冷えたビールを目標に乗り切ったものです。

毎日同じことを継続するのは苦手でしたが、大阪城を私の庭にしてよかったと思います。

看板にいつわりなし

大阪城へは上本町六丁目の交差点からバスで行くことも出来ます。上町筋を走る市バスの路線は、上町台地の南端の住吉方面から、四天王寺、上本町界わい、難波宮史跡公園、大阪歴史博物館、NHK大阪放送会館、大阪城と上町台地を南北に経由して大阪駅まで続きます。

ですから大阪城までは、行きは歩いて帰りはバスで、もありです。難波宮史跡公園より南寄りに上町筋に面して大槻能楽堂があり、北に向かってこのあたりから車の騒音を抜きにしたら穏やかな気配が感じられます。

この散策でぜひとも立ち寄りたいのが空堀商店街界わい。路地が多く、商店街に面していないところにも店がたくさんあります。

戦前から残る町家や長屋を再生して移り住む人があったり、店舗として活用したりで、新しい空気を送り込む流れが出来ています。昭和の風景を大切に残しつつギャラリーやカフェ、レストラン、バー、国内外のかわいい品を集めた雑貨店、アトリエなどが出来て、活気づいた魅力のある空堀界わいへと変貌を遂げている途上です。

また、木造の町家を利用してデイサービスをおこなっているところがあります。お年寄りが暮らしてきた木造の住まいには安心感があり、中庭からは光がたくさん入るように改修されています。

この地域に、古きよき時代の「ちんどん屋」を生業《なりわい》とする東西屋（社名）があります。テレビや新聞にもたびたび登場して有名ですが、林幸治郎さん率いる「ちんどん通信社」です。「浪華の街頭宣伝音楽隊」と称して大活躍。従来の商店の宣伝はもとよりパーティの余興や博覧会のパレード、お祭り、ライブハウスへの出演、海外公演をもこなす、何でもありの楽しさてんこ盛りの会社です。

上町筋からの商店街入口と並んで、北側にオススメのおいしい店があります。高級ネタや庶民派もありのお寿司屋さん、それと果物屋さん。

中でも果物屋さんは特に人気があって、独自の仕入れルートで品質のよい新鮮な果物が並んでいます。

店内では旬の果物をふんだんに使ったフレッシュジュースや、いろんな果物が散りばめられたゼリー、果物のエキスふんだんのかき氷などが食べられて、遠方からのお客さんも多いそうです。

あるとき、お参りの山藤さんがこの果物屋さんのミックスジュースとクッキーを差し入れてくださいました。

「テレビで紹介されてて、一回行ってみたいと思っててね。きょう自転車で寄ってからお参りに来たんよ。あんまりおいしかったから買ってきてあげた」

実は私もこの店の大ファンです。半分に切ってくり抜いたパイナップルの器に、小さく切った種類いっぱいの果物が入った見た目にも楽しい品があったり。おいしい工夫がなされています。

商店街にもおいしい店はたくさんあります。阪神・淡路大震災以降神戸よりこの地に移ってからいつも行列が出来ている洋食屋さん、古くからユニークな名物メニューが評判のお好み焼き屋さん。本格的なスパイスが活きる薬膳カレーの店は、古民家を改装してうまく店舗にしています。

老舗ののれんを守るこんぶ屋さんをはじめ、昔ながらの魚屋さん、八百屋さんなどが、安売りのスーパーと肩を並べて商店街に賑わいをもたらしています。いつ行っても人通りは絶えません。

少々値段は高くても質のよい物を、あるいは一円でも安い方が家計が助かる、の両者ともを飲み込んで、「まいど！　ええ魚入ってるで」「これおまけしとくわ」と威勢のいい声が聞かれます。

上本町六丁目や谷町九丁目の交差点を出発して、東西南北への散策はこの辺りまで。その日の気分でどっちに歩いても気分転換にはもってこい。多様な街の表情に魅了されて、上町台地をもっと知りたくなること間違いなしです。

幕を開ける

平成二十六年（二〇一四）八月、映画『男はつらいよ』でおなじみの寅さんの妹さくらが、たった一夜限りの倍賞千恵子コンサートを開催するために上町台地へやって来ました。

会場の新歌舞伎座には私と同じくらいかそれ以上の中高年でいっぱいになり、一緒に行った同級生と、「やっぱりすごい人気やね」と、顔を見合わせました。

作曲も編曲もすぐれた音楽家で年下の夫、小六禮次郎さんのピアノで伸びやかな歌声が会場に響きわたります。

倍賞さんはさくらを彷彿とさせる気さくさで『男はつらいよ』のテーマソングも歌い、サービス精神いっぱいの一時間半でした。

墓守の仕事が終ってコンサートまで二時間半、この日はホテルを予約して汗を流してサッパリしてから会場へ行くことにしました。

宿泊先は、墓守をする霊園から会場までの途中にある大阪国際交流センターに併設されているホテルに決めました。

ホテルは上町台地のほぼ中央の位置にあり、近鉄大阪上本町駅から徒歩五分、地下鉄の谷町九丁目駅か四天王寺夕陽ケ丘駅からそれぞれ徒歩十分ほどの便利なところにあります。

コンサートが終ってからは同級生と軽くビールで乾杯して別れましたが、そのあとも倍賞さんのナマの歌声の余韻は続いていました。

私の日常は家族と同居していますから、ひとりで過ごせる時間は少なく、この日を心待ちにしていました。都心にありながらとても静かで、ホテルの窓からはあべのハルカスの明かりが輝いて見えます。ワインを飲みながら、ゆっくりと時間が流れていきました。

大阪国際交流センターについて、少し紹介しておきます。昭和六十二年（一九八七）に設立されて、現在は公益財団法人です。

設立趣旨は、同センター発行の『アニュアルレポート２０１２年報』に、

「大阪を中心とした関西一円において、歴史、文化、その他の地域的特性をいかした国際活動をすることにより、市民レベルの相互理解の増進と友好促進を図るとともに、都市と都市、市民と市民との連携を深め、我が国の国際化に寄与しようとするものである」

とあります（一部抜粋）。

施設は、一万六九八平方メートルの敷地に、六か国語の同時通訳設備を持つ一〇〇六席の大ホール、二〇〇席の小ホール、大中小さまざまな会議室、ギャラリー、インフォメーションセンターなどがあり、ホテルやレストランが併設されています。シンポジウムやセミナー、コンサート、展示会などさまざまなイベントに対応しています。

入口からの屋内広場アトリウムは三階まで吹き抜けになっていて明るい光が注ぎ、イベント時の展示や交流の場として使用されています。

「国際交流・協力の促進」「外国人が暮らしやすい地域づくり」「国際化の担い手の育成」を掲げ、インフォメーションセンターではこれらの窓口ともなって、日本人をはじめ各国からの留学生の相談が多数寄せられています。

インフォメーションセンター内には、インターネット・パソコンコーナー、映像コーナー、図書コーナーなどがあり、世界各国の情報を得ることが出来ます。

窓口では、外国籍住民法律相談、外国人のための無料行政書士相談もあり、年間三千件近くの利用があります。

アイハウス・ボランティアバンクの活動も展開しており、ホームステイ、通訳、翻訳など、約六五〇〇人のボランティア登録者がいます。

上町台地は古代に三方を海に囲まれ、北に難波宮があり、難波津は外交使節の発着港であったといわれています。

四半世紀を経た大阪国際交流センターは、大阪の歴史の始まりから海外との交流が盛んにおこなわれていた上町台地にふさわしいコンベンション施設として根づいています。

目と鼻の先

リニューアルしたばかりの大阪国際交流センターホテルは、シングル一泊で六二〇〇円、朝食つきでした。時期によって宿泊料金は変動するそうですが、高くはありません。

倍賞千恵子リサイタルの翌日、ホテルで朝食をとっていたら、サルスベリの木に濃いピンク色の小さい花が群がって咲いているのが見えました。

幹はツルンとしていて猿もすべるというところからこの名がついたそうですが、長い間花が咲いているので百日紅《ひゃくじつこう》の別名もあります。

朝食を終えた私は、墓守をする霊園へ行く前に散策をすることにしました。ホテルから霊園までは徒歩十分の距離です。

ちょっと寄り道して、緑いっぱいの生玉さん（生國魂神社）で朝の新鮮な空気を吸うことにしました。

正面の参道から入ると、鳥居の奥の正面に拝殿と本殿が、左手前には結婚式もおこなえる立派な参集殿があります。

境内はここより北側に大きく広がっていて、いくつもの社《やしろ》があります。案内板に目をひかれました。

「女性の守護神」　鴫野《しぎの》神社（巳《みい》さん）
「芸能上達の神様」　浄瑠璃《じょうるり》神社
「勝運・方除の神様」　城方向《きたむき》八幡宮
「家づくりの神様」　家《や》造《づくり》祖神《おみや》社
「商運・金物・カマドの神様」　鞴《ふいご》神社

などとあります。

女性の守護神と巳さんがどのようにつながっているのか興味深いので、鴫野神社について神社略誌に書かれてある由縁を紹介したいと思います。

淀君ゆかりの神社である。大阪ビジネスパーク（ＯＢＰ）の辺りはかつて「弁天島」と呼ばれていた。その一画に弁天社「鴫野の弁天さん」が祀られてあり、弁天社はその昔、大坂城の淀君の崇敬が殊のほか篤く、後には弁天社の隣りに「淀姫社」として祀られるようになった。そして女性の守護神として心願成就、縁結びから悪縁切りまで霊験あらたかとの評判を呼び、毎月「巳の日」を縁日としてお参りする人が群れをなしたと伝えられている。俗に「巳さん」と呼ばれた由縁である。その後、弁天島用地買収に伴ない大坂城に縁の深い当社に移され、鴫野神社として祀られている。今日も「心願成就の絵馬」が奉納され、女性の篤い信仰が続いている。

淀君は豊臣秀吉の側室。確か、大坂夏の陣で徳川家に敗れて自ら命を絶った人。生國魂神社は豊臣秀吉が大坂城を築城する際、そこからいまの地に遷したといいますから、淀君ゆかりの神社が境内に置かれているのは「なるほど」と思えます。

毎月「巳の日」、とありましたが、これは何日なのか。調べると「十二支の一日で、十二日ごとに巡ってくる」とありましたが、よく分かりません。どなたか知っている人を探して聞いてみることにします。

生玉さんが大阪最古の神社かと思うと、散策のありがた味も増してきます。

約三千年前に神武天皇が現在の大阪城一帯に、国土・大地の守護神である生島大神《いくしまのおおかみ》と足島大神《たるしまのおおかみ》をお祀りされたのが始まりである、と神社略誌にあります。

以降、現在の地にあってからのことですが、江戸時代には境内に芝居小屋や見世物小屋が並び、井原西鶴や近松門左衛門との縁も深く、上方文化発祥の地ともいわれています。上方落語はここで広められ現在の隆盛に至っています。

織田作之助の生誕一〇〇年を記念して、平成二十五年（二〇一三）に銅像が建てられました。生玉さんを楽しむ要素はまだまだありそうなので、また紹介したいと思います。

北門は天王寺七坂のひとつ真言坂へと続き、ここを通って朝の散策を終えることにしました。

暑さ寒さも彼岸まで

春と秋のお彼岸は、季節の変わり目を感じさせてくれます。冬の終わり、夏の終わりを告げに来てくれるようで大歓迎です。

三月の春分の日、九月の秋分の日をお彼岸の中日《ちゅうにち》として、その前後三日間（全部で七日間）をお彼岸としてご先祖をお祀りする習慣となっています。

この時期がやって来ると霊園のほとんどのお墓に花が手向けられて、お線香のいい香りに包まれます。近所の花屋さんには行列が出来て、夕陽丘の風物詩となっています。

四天王寺や一心寺には多くのお参りの人たちが訪れて、駅から人波が押し寄せてくるようで夕陽丘はいっきに活気づいていきます。

お彼岸の中日は、太陽が真東から上り真西へ沈むといわれています。秋分の日、四天王寺では「日想観《にっそうかん》」という行事がおこなわれて、真西にある鳥居に沈んでいく夕陽を拝みます。

平安時代から、四天王寺の西門が極楽浄土の東門に面していると信じられてきました。極楽浄土を彼岸、この世を此岸《しがん》として西方に手を合わせます。

子どものころ、「春分の日と秋分の日は昼夜の長さが一緒」と教わりました。秋分の日からだんだん秋の夜長になっていきますから、子ども心に「何して過ごそか」とわくわくしたものです。

それは大人になったいまでも続いていて、読みたい本を集めたり、安ワインを買い集めたりして楽しもうとしています。

お参りの中林さん姉妹は、嫁いだ先が片や鉄工所、片や和菓子屋さん。

「カタもんとヤラカもん」

とおっしゃって、笑わせてもらいました。

「ヤラカもん」は柔らかい和菓子のことで、こちらはお彼岸は、ぼた餅やおはぎづくりと販売で大忙し。

「お父さん、お母さんには申し訳ないけど、お墓参りどころやないねん」

と、いつもは姉妹そろってのお参りが、この時期だけは「カタもん」おひとりで来られます。

姉妹はとても気が合っておられるようで、お参りのあと休憩室で一時間ほど話し込んで帰られることもあります。

「何かおいしいもん食べに行って来るわ」

とお参りのあとのランチも欠かさず、月命日が近づくと家業で忙しい時間をやりくりしてお見えになります。

家庭の事情がおありのようで、「嫁いだ娘二人が父母のお墓を建てた」そうです。「中林家之墓」と彫られた石塔のうしろには、中林姓ではない二つの異なった名前が並んでいます。姉兄はほかにもおられるようですが、お墓の所在はまだご存知ないそうです。

秋のお彼岸のころになると、裏切ることなく道の脇や土手にヒガンバナが赤い花を咲かせます。古い墓地で見かけることもあります。

神秘的な花なので一本摘んで帰りたいところですが、毒があるといわれているので眺めるだけにしています。毒があるからあんなに美しいのか、と思ったりもしますが。

昔はマンジュシャゲと呼んでいましたので辞書で引いてみたら「ヒガンバナの別称」とあって、「曼殊沙華、曼珠沙華」と書くそう。ほかに「死人花《しびとばな》」「天蓋花《てんがいばな》」「天涯花《てんがいばな》」「幽霊花《ゆうれいばな》」「捨《す》て子花《ごばな》」の別称も。

これほどの別称を持つ花に出合ったのは初めてかもしれない……。どれも不吉なにおいが漂っているようで、神秘的な存在感を放つ由縁は名前にも反映されていました。

マンジュシャゲとはサンスクリット語で、天界に咲く花というところまで分かりましたが、ヒガンバナとどう結びつくのか。教えを乞いたいところです。

一〇年ひと昔

お墓で思ってもみなかった嬉しい再会がありました。入口付近の内海さんのお墓にお参りの六十過ぎの男性が声をかけて来られました。

「すんません。缶ビールとタバコのお供えは、持って帰った方がええんですか？」

「はい、お下がりとして持ち帰っていただくようお願いしてます」

花立てには赤いカーネーションが三本ずつ入っていて、この男性が持って来られたなんて可愛いなぁ、と思いました。

顔を合わせたとき、「似てる！」と思いました。しゃべり方の控え目なところが、まだ慣れておられない様子で、初めてのお参りと分かりましたが、「まさか！」です。

親しくしている知人夫婦の奥さんの方の弟、利和さんと瓜《うり》ふたつです。もう一〇年以上もお目にかかっていませんから、「もしかして利和さんですか？」と聞くのもはばかられます。

場所を移し、慌ててお姉さんに電話をして、よく似た人がお参りに来られていることを伝えました。

「利和と違うと思うけどなぁ。上町台地に知り合いのお墓があるという話は聞いたことがないわ。何ていう人のお墓やのん？」

「内海さんっていう人」

「ああ、それやったら利和の友だちやわ。へえー、そこにお墓があったんか」

鈴木さんや田中さんという名前のお墓であったら特定出来なかったと思います。内海さんというそう多くはない名前が手がかりになりました。

私は内海さんのお墓へ戻って、確信を持って、

「利和さんですよね」

と、声をかけました。

「小夜ちゃんやね」

あちらも、似てるけどまさかここにいるとは思わず、尋ねていいものか迷っていたそうです。亡くなられた内海さんは利和さんの親友で、お互いの夫婦四人で旅行をしたり飲みに行ったり一緒に楽しく過ごした間柄で、「ガンで先立たれてしもて……」と、しんみりされていました。

お墓参りをしたいと思いながらも仕事が忙しく、この日に思い立ってやっと来たとのことでした。

つい先日、私はお姉さん夫婦と会ったばかりというときでしたから、そのことを話しているうちにいっぺんに年月の隔たりはふっ飛んでいきました。

利和さんは昔よりスマートになって、スポーティな装いでおしゃれを楽しんでおられるふうでした。ロードバイクで堺市の自宅から上町台地までやって来たそうです。

そのときは膝《ひざ》を痛めていて、「自転車をこいでるうちにだんだん楽《らく》になって来た」と嬉しそうでした。これからは運動もかねて、「ちょくちょくお参りに来るわ」と内海さんのお参に向かって一言。

それからは、ときどき顔を合わせるようになりました。春から初夏にかけての気候のよいときでしたから、お参りのあとは大阪城まで自転車を走らせたり、さらにもっと先のお姉さんの家まで遠出をしたり。

決まってカーネーションを買って来られます。「これしか花しらんから」と照れた様子の利和さんを見て、私の顔はほころんでいました。

お墓から西へ下《くだ》って間もなく行くと老舗の肉屋さんがあって、そこのコロッケが評判いいという話をした日、「さよなら」と見送って三十分ほどしたら再び現れました。

何とさっき話していた人気のコロッケを買って、わざわざ届けてくださいました。熱々をほおばったときのおいしかったこと。

一度奥さんを伴ってお参りに来られたことがありました。よく知っていましたから、この再会もまた嬉しいものでした。

光陰矢のごとし

行きつけの居酒屋さんが閉店して一年半ほどが過ぎました。途中足が遠のいた時期もありましたが、三十年以上も通っていたことになります。

脱サラをはかって夫婦で店を出して一年目、店主の元上司であった人に連れられて私はそこに足を踏み入れました。

店主夫婦は職場で知り合って結婚したそうですから、正しくは二人の元上司ということになります。この元上司は知的で愉快な人でしたから、人気者でモテモテでした。

彼を知る元の会社の人たちが大勢おられたので、私はじゅうぶんな七光を受けて歓迎されました。

この店のママさんの弟が、お墓で再会した利和さんです。利和さん夫婦もたまに飲みに来られていました。

当時の私はまだ二十代でしたから、いろんな人生の先輩たちとここで出会うことが出来たのはありがたいことでした。

私はもともとアルコールのアレルギーで、少しのお酒で身体中に蕁麻疹《じんましん》が出ていました。お

酒の飲めない体質とあきらめていましたが、当時、雑誌編集の手解《てほど》きを受けていた職場の先輩から、

「人生の楽しみの半分も知らないなんて、かわいそう」

といわれてしまいました。

楽しむことに貪欲な私にとってショッキングな言葉でした。この一言が、のちの私の人生を大きく変えるキーワードとなっていったのでした。

それからは、毎日が蕁麻疹との戦いです。猛烈なかゆみの先に人生の楽しみが見え隠れしているようで、何としても克服して酔っ払ってみたい。そう願っていました。

最初は恐る恐るビールをひとくち、というふうでしたが、だんだんかゆみにも慣れてくるものです。毎日少しずつ量を増やし、ウイスキー、日本酒、ワインと種類を広げていきました。

そのうち蕁麻疹が減って、二か月ほどしたら出ない日もあったほどです。どれほどの時間を要したのかもう忘れてしまいましたが、一年も経たないうちに晴れて酔っ払いの仲間入りをしていました。

それ以降のお酒にまつわる失敗談の数々は、恥ずかしくて口に出すことははばかられます。いまでも飲むと顔が真っ赤になることにその名残はありますが、蕁麻疹のかゆみの先に人生の楽しみと同じくらいの苦痛もあることが分かりました。

二日酔いの肉体的苦痛と、羽目をはずしたばっかりに人に多大な迷惑をかけて落ち込む精神

的苦痛がついて廻ります。

店主夫婦は長きにわたって私をはじめ似たような若者たちを、なだめ、あきらめ、ときには諭《さと》し、怒り、「よう気長につき合うてくれたもんや」と、いまさらながら足を向けては寝られないような気持ちになります。

店主夫婦の人柄が醸し出すお店のくつろいだ雰囲気は、幅広い年齢層に支持されていました。店じまいを公表してからは千客万来の超満員。リタイアした人たちもたくさんおられて、その人たちも入れ替わり立ち替わりお見えになったそうです。

開店一〇周年やその後の節目のパーティを華やかに催されたこともありましたが、最後はお客さんに負担をかけたくない、自分たちがひとりひとりにお礼の気持ちを伝えたい、と最後のパーティをの声に耳を貸さず、お二人らしい幕引きとなりました。

私を連れて行ってくださった知的で愉快な人気者は八十歳になっておられますが、毎日お酒を飲んで元気にお過ごしです。二十代のときに仕事で出会って、気軽な調子で、

「ちょっと一杯行こか、ええ店あるねん」

とお誘いいただいたことが、このようなご縁を結ぶとは。

息が合う

私の人生を明るい方向へ導いてくれた居酒屋さんの話、第二弾です。店主夫婦は同い年で、私より十歳上ですからいまは七十を越えておられます。

店主は見かけによらず英語がペラペラ。オーストラリアからやって来たチャーミングな女性客に個人レッスンを受けて、熱心にマスターしようと努力していた日々がありました。

歌舞伎や文楽など日本の伝統芸能が大好きで、同好のお客さんたちと劇場へ出かけることも多く、あまり感心のなかった私はいつもうらやましく話を聞いていました。

読書のジャンルは幅広く、私は彼をかなりの物知りと見ています。メールの文面はユーモラスで、ときには文学的な表現でつづられていたりします。

ママさんも夫とともにいまは豊かな時間を共有しておられますが、根っからの大阪人で面白いことが大好き。「いちびり」です。いちびりは大阪弁で、ふざける、はしゃぐ、というような意味です。

カラオケでは歌いながら踊り出すし、面白い顔面をつくって人を笑わせたり屈託がなく、サラリと人生の極意をいってのける顔もお持ちです。

ひとりで飲みに来るお客さんもたくさんいますから、愚痴や悩みごとの聞き役になることが多かったのではないでしょうか。それが仕事といえば違いないでしょうが、お疲れだったのでは、と思います。

店じまいしてからは聞き役からは開放されて、以前より晴れやかな表情をしておられるようにお見受けします。

手先が器用で、着物をほどいてパッチワークのベッドカバーを作ったり、毛糸でおしゃれなベレー帽を編んだりして、じゅうぶん売物になるほどの腕前です。

お店で出す一品は、大半が彼女の手によるものでした。ポテトサラダやおでんは特に人気がありました。

私がまだ若いころ、十歳ほど年下の知り合いの男の子がこっそり私のあとをつけて来て、この店の存在を知られることになってしまいました。「ストーカー」という言葉がまだなかったころでしたが、ストーカー行為そのものでした。

このお店のよいところは、若い人をとても大切にすることでした。ストーカー君は店主夫婦をとても気に入って、何度も足を運ぶうちにすっかり常連になっていました。

私への熱は早々に冷めて、以来この話はタブーとなりました。三十年以上たった今でも交流は続き、若者はもうすっかりおじさんになっていますが。

ある日、店主夫婦と飲み仲間がひとり、お墓へ来てくれたことがあります。飲みに行くお誘いですが、夕陽丘の散策もついでにということでした。

このときはまだ内海さんのお墓に弟さんの親友が眠っておられることを知りませんでしたから、ただ案内しただけでした。

「明るうてええお墓やね」

と、いってもらったのを覚えています。

私の仕事が終るのを待ってもらって、九月の夕陽丘を散策して四天王寺さんまで行きました。お目当てのイタリア料理の店はまだ開店前でしたから、別の店で食前酒とアテを少々。イタリア料理の店に到着したころは、もうすでに「ご機嫌さん」の四人でした。

私たちは、いつしか身内のような感覚でつき合うようになっていました。それは私だけに限らず、いろんな人がそのような感覚を持っておられると思います。

常連さんが成人した子どもたちを連れてきたり、姉妹を伴ってきたり、両親と一緒に来たりという場面に遭遇したことが多々あります。

残念ながらお亡くなりになった方もおられます。ストーカー君が連れてきた友人は、タバコの不始末から火事を起こして夜半に焼け出され帰らぬ人となりました。

ひとり暮らしの家は全焼したそうです。

Ⅲ　運は天にあり

先見の明

　四天王寺では毎月開催されて賑わいを呼んでいる大規模な縁日があります。弘法大師空海の命日二十一日が「お大師《だいし》さん」、聖徳太子の命日二十二日が「お太子《たいし》さん」の日で、それぞれ大師会《だいしえ》、太子会《たいしえ》として法要が営まれ、縁日は骨董市《こっとういち》としても知られています。

　参道や境内ではところ狭しと露店や飲食の屋台が並び、その数三〇〇店余りといわれています。古い着物の掘出し物を探したり、仏教美術品や焼物に目利きの人たちが輪を作ったり。鉄道忘れ物店では、傘や日用品を格安で買うことが出来ます。

　霊園へのお参りの帰りに、毎月のように二十一日に四天王寺さんへお出かけの方がいらっしゃいます。

　大竹さんはお墓で使うたわしやスポンジなど、気前よく置いていってくださる気配りのおじさん。いつも缶ビールを一本飲んで、お墓の前で奥さんに語りかけておられます。

　お大師さんの日にはお目当ての露店があって乾物を買うそうです。ちりめんじゃこにタラや梅干やゴマや昆布がたっぷり入ったふりかけで、山盛りひとマス三〇〇円。ふたマス買うと五〇〇円と教えてもらいました。

カルシウムを補うのにちょうどいいし、おいしそうでお弁当にもあうので、私もさっそく買うことにしました。以来、お大師さんの日は、何か新しい情報はないかと大竹さんを心待ちにしています。

四天王寺とお大師さんはどんな関係があるのか知りたい、という方がおられるかもしれません。境内の極楽門の横に、弘法大師修行の像があります。さて、四天王寺とはどんなお寺なのでしょうか。

日本最古の官寺として五九三年に聖徳太子によって四天王寺が建立され、庶民の救済を始めます。国家の手厚い保護を受けて皇族、貴族、武家から一般庶民まで幅広い人々の信仰を集めました。聖徳太子は大陸に学んだ国家体制を作り、仏教を伝え広めてゆきます。

やがて、日本仏教の祖といわれる聖徳太子の信仰を崇敬する人たちがたくさん出来て、四天王寺へ修行にやって来ます。

若き弘法大師もそのひとりでした。夕陽を見ながら西方浄土へ祈願を捧げています。時代を隔てて、聖徳太子と弘法大師はこのような結びつきを持っていました。

古代の四天王寺は難波津の海に面していて、外国使節団は壮大な石舞台の仏教伽藍で四天王寺舞楽の歓迎を受けます。

現在は重要無形民族文化財に指定されて「聖霊《しょうりょう》会《え》舞楽《ぶがく》」となって四月二十二日の聖徳太子御忌の法要で見ることが出来ます。

聖徳太子は四天王寺建立ののち六〇七年に法隆寺を建立していますが、こちらは「学問寺」と呼ばれていました。これとはまったく違った特徴を持つ四天王寺ですが、先ほど「庶民の救済」と書いています。

金堂を学問の場「敬田院《きょうでんいん》」とし、境内には貧しい人や身寄りのない老人などのための「悲田院《ひでんいん》」、薬を施す「施薬院《せやくいん》」、病人看護のための「療病院《りょうびょういん》」を設け、人々に救いの手をさしのべています。

伽藍は台風、落雷、戦火など数々の不運に見舞われて何度も再建されていますが、現在の鉄筋の建物は昭和三十八年（一九六三）に再建されたものです。以後、約五〇年が経過しています。

金堂には当初、東西南北を守護する四天王、持国天《じこくてん》・増長天《ぞうちょうてん》・広目天《こうもくてん》・多聞天《たもんてん》が安置されてご本尊としていましたが、平安時代からは救世観世音菩薩がご本尊となりました。

四天王寺が建立されたのは難波宮が出来る一五〇年ほど前で、当時は日本にはまだ宗派というものは出来ていませんから基本的にはいずれの宗派でも、ということになります。

戦前までは天台宗に属していた時期もありましたが、戦後は和宗として独立しました。和宗の和は「和を以て貴しとなす」の聖徳太子の教えにあります。

猪突猛進

桂枝雀の落語に「鷺《さぎ》とり」があります。四天王寺さんで強烈なオチがついて滑稽《こっけい》なことこの上なく、少々目をつむっていただきたい箇所もありますが、このネタでいっぺんに落語が好きになりました。

出会ったのは桂小米時代で、私は高校一年生。三つ歳下の弟がケラケラ笑っているのに感化されて「私も」が最初でした。そのうち独演会に行くようになり、いまでもCDを聴いています。

どのネタも枝雀さんの巧みな話術で飽きることなく、何度でも聴きたくなります。「地獄八景亡者戯《じごくばっけいもうじゃのたわむれ》」は長い噺《はなし》ですが、あちこちでおもしろく退屈しません。

ここでは「鷺とり」のネタを紹介したいと思います。

仕事を持たずブラブラしている男が、お金もうけの手段に「鳥取り」を思いつきます。

知った家が上町にあって、そこの庭にぎょうさんの雀が寄ってくるので五〇でも一〇〇でもいっぺんに取れる、と豪語します。みりんの絞りカス「こぼれ梅」と南京豆を使って取る、といいます。

朝早くから行って、庭一面にこぼれ梅をまきます。雀がそれを食べて酔っ払って宴会を始め、あくびが出たところへ南京豆をまきます。それを枕にして雀が寝入ったところをちりとりとほうきで集めてまわる、という作戦を立てました。

ですが、途中まではうまくいったものの、バラバラーと豆をまいたとたん、その音にびっくりして雀はワーッと逃げてしまいました。

この損をとり返すために今度は鶯《うぐいす》をつかまえようと作戦を変えて実行しましたが、やっぱり失敗に終ります。

次は鷺をつかまえようとします。鳥目というくらいで明るいうちから行くよりも日が暮れてから行く方がええ、との助言に従って、鷺がぎょうさん下りるという北野の円頓寺さんへ。

松屋町筋を北へ北へ、天神橋筋を渡って左へ行くと一帯が北野といわれているところです。寺の門はしまっていますが、ハシゴを見つけてへいから登って墓石を踏み台にして境内へ飛び下りました。

すると池には鷺がビーッシリ、高いびきで寝ています。そーっと近寄って鷺の首をつかむといくらでも獲れます。腰のまわりいっぱいに鷺をくくりつけて帰ろうとしてへいの上へ。下りようとしたところ、寺の夜まわりがやってきてハシゴは片づけられたあとでした。

ウロウロしているうちに空は白《しら》いできました。鳥というのは朝の早いもので、すると腰のまわりの鷺が目をさまして順番に起こしていきます。

そして、鷺はいっせいに羽ばたいて男を飛ばしてしまいます。かわいそうなこの男、上町台地を北から南へ天高く空中に飛んでいきます。

そこへ目の前に鉄の棒が一本見えたのでこれ幸いとしがみつき、空いた手で腰のまわりの鷺を逃がします。

すでに夜は明けて、生駒の山が見えて、大きなお寺の屋根が見えて。男は四天王寺さんの五重の塔の九輪（宝輪）につかまったまま腰を抜かしてしまいました。

この男をひと目みようと見物人が大勢集まってきて、物売りまで出ています。もうえらい騒ぎです。

お寺の方としても放っておくわけにはいかず、「人を救うのは出家の仕事」と大きな布団を持ち出して、これで救うのがよかろうと相談がまとまりました。

「これへとへすくうてやる」これへ飛べ救うてやる、ののぼりを見た男、「ひい、ふの、みっつ」で九輪から手を離してパーッと飛び下りました。

四人の坊さんが救うたのですが、まん中へズボーッと入った拍子に四隅の坊さんが頭をゴチゴチゴチゴチ……。

一人助かって四人死んだ。

高みの見物

墓石を踏み台にしたり、坊さんが四人も死んでしまったりで、枝雀落語「鷺とり」を紹介することに、墓守となった身としては少々抵抗がありました。

しかしながら「鷺とり」を連想したのは四天王寺さんでオチがつくということもありますが、以前にＮＰＯ法人まち・すまいづくり発行の上町台地の地域情報紙「うえまち」（第九九号・第一〇一号・第一〇二号）で眺望の楽しみ方についての記事があって印象に残っていたからです。それは「夕陽丘まち談義」というシリーズで、一心寺の高口恭行長老が水先案内人として問いを発し、都市プラン・デザイナーの田端修さんが解説しています。

その記事によりますと――。

通天閣からの眺望は「見下ろし景観」、これに対してあべのハルカス展望台からは「パノラマ景観」が楽しめて、役割分担し合っているというものです。

「見下ろし景観」では一〇〇メートルが、人の体の向きやおおまかな動作が識別できる限界に近いといったデータがある、と述べています。

さらに、これを参考にすると数百メートルまで上ると車や人の動き程度は分かっても、道ゆく人のしぐさや建物の細やかな表情までは判別出来ない、といいます。

通天閣の展望台は地上八七・五メートルですから、四方に眺望が広がる「パノラマ景観」とともに、足元からは屋根の形や街ゆく人々の動きが見えて「見下ろし景観」も楽しめるということになります。

一方、あべのハルカスは地上三〇〇メートル。展望台からは、大阪湾も視界に入ってダイナミックな「パノラマ景観」が展開しています。雨上がりの翌日で晴天のときベストコンディションの視界が広がって、六甲山系、明石海峡や淡路島、生駒山系、関西空港まで見渡すことが出来るそうです。

まだ一回しか展望台に行っていない私ですが、そのとき係の人曰く。

「きょうの眺めはB級くらい」

と。初夏の日のことでした。

それにしても三六〇度の眺望で「空中散歩しているような感覚」とうたっているだけあって、広大な景色に圧倒されていました。

では、夕陽丘の眺望ですが、海抜二〇メートルほどで、六〜七階建てのビルに相当するそうです。西側に高い建物のある市街地が広がって、これまでの広がりと見通しの利いた視界が遮られてきている、と指摘されています。

西方に沈む美しい夕陽は、いまとなってはビルの谷間に消えていきますので、あべのハルカス展望台から壮大な日没をぜひ見てみたいものです。

落語の「鷺とり」に話は戻りますが、現在の四天王寺さんの五重塔は高さ三九メートル。代々の塔の高さも同じくらいでしょうから、塔の九輪につかまった男は、集まった見物人が自分に向けている表情はようやく見えたはず。

腰を抜かしてしまったのでそれどころではないにしても、「これへとへすくうてやる」の文字はしっかりと読んでいます。

鷺をつかまえてから天高く空中に飛んで運ばれてくる間、鷺は一〇〇メートル以上の高さを飛んでいるでしょうから、「パノラマ景観」も味わっていることになります。

鷺と男しかいないのに、なんとスケールの大きい展開となっているのでしょう。夢のような話です。

夢といえば――。

むかし、鳥のように空中を飛んでいる夢をたまに見ることがありました。恐いくせに高いところが好きですから、この夢を見るとトクしたような気分になっていました。今はもう見なくなってしまいましたが。

手をバタバタさせて、まるで漕《こ》いでいるような感覚でしたが、大きい樹木を見下ろすほどでしたから高さ三〇メートルくらいの飛行をしていたのかもしれません。

日の目を見る

四天王寺の建立にまつわるお話です。

以前、天王寺区に会社を持つ知人から、「四天王寺さんを建てた、代々宮大工をしている日本で一番古い会社がある」と金剛組について聞いたことがありました。

四天王寺からは参道をはさんでいますが、西隣の谷町筋に面して自社ビルを持つ金剛組があります。

創業は飛鳥時代の五七八年。聖徳太子が四天王寺建立のために古代朝鮮の百済《くだら》から三人の工匠を招いたことから始まります。

そのうちのひとり金剛重光が初代当主となり、金剛組は三十九代当主金剛利隆まで一四三〇年余り受け継がれてきました。

六〇七年には法隆寺を建立し、両寺を築いた建築方法は「組み上げ工法」として現在も生かされています。釘を全く使用せず、木材をはめ込んでいって頑丈なお堂を造り上げていきます。

宮大工は、一般的には各地の寺社を廻りながら建築に携わって技を習得していきます。ところが金剛組では専属の宮大工として師弟関係を結び、数々の伝統工法を継承してきました。

それが出来たのは、四天王寺との深い結びつきがあったからでした。最盛期の四天王寺には一〇〇以上の別院や塔頭《たっちゅう》がありましたから、江戸時代まではお抱えの宮大工としての位置にありました。

その間、四天王寺はしばしば歴史の渦に巻き込まれていきます。一五七六年には石山寺の戦いで織田信長の焼き討ちにあい焼失。さらに一六一四年、大坂冬の陣で再び四天王寺は焼失しました。

このように戦火や災害によって大阪大空襲での焼失を最後に、現在までに七度の再建を果たしてきましたが、そのたびに金剛組による伽藍が誕生していきました。

時代は明治にさかのぼりますが、金剛組は四天王寺のお抱え宮大工としての役目を終えるときがやってきます。

明治維新直後にとられた宗教政策に神仏分離令があります。これによって四天王寺は、所属の神社が離されるなど厳しい状況となっていきました。金剛組にとっても事態は急変し、四天王寺とのこれまでの関係は解消されることになります。

以降は金剛組の苦難が続きます。

昭和三十年（一九五五）株式会社金剛組として組織化し、一般の建築も手がけることになりますが経営の危機に陥っていきます。

平成十八年（二〇〇六）に大阪市の高松建設の支援を受けて、寺社建築専門の企業として再生しています。

現在は八組約一二〇人の宮大工を抱え、金剛組が受注した仕事を各組に振り分けています。別チームを作ることによって技術を競い向上させていくことが狙いといいます。

戦後、時代の要請を受けて防火、防災などにすぐれた鉄筋コンクリート工法を編み出しています。日本建築の優美さ、木のあたたか味をそこなうことなく、現在の四天王寺伽藍に代表される姿となって見ることが出来ます。

ここで四天王寺の伽藍を紹介しておきます。六〜七世紀の中国や朝鮮半島で見られる様式をいまに伝えています。

伽藍配置は「四天王寺式」といわれるもので、南から北へ向かって、南大門、中門《ちゅうもん》、五重塔、金堂、講堂が一直線に並び、それを東西六〇メートル、南北八四メートルの回廊が囲んでいます。

この様式は最初に建てられたままを受け継いで、同じ配置で再建が繰り返されてきました。五重塔は、登って最上階から大阪市内の眺望を楽しむことが出来ます。

唯一無二

むかしから、たまに母の外出につき合うときは決まって一心寺さんでした。そこには母の姉が納骨されています。

生涯独身を通した私のおばは四人姉妹の二番目でしたが、六十過ぎで亡くなっています。当時の電電公社に勤め、定年を終えていました。

エホバの証人という宗教団体の信徒で、教えのとおり輸血を拒否していましたから死期を早めたと思います。

私とおばとの交流はほとんどありませんでしたが、本人の希望どおり一心寺へ納骨するときは私も同行しました。三十年ほど前のことです。

このとき初めて一心寺の山門をくぐったような気がします。逢坂側から見える大きなコンクリート壁の建物は「何？」と思ったことを覚えています。鉄の骨組みに支えられて立派な瓦屋根が浮かんでいるように見えました。

これは信徒会館「日想殿」で、二階の大広間からは夕陽が眺められるようガラスを使った配慮がなされていました。

平成九年（一九九七）に、巨大な裸体の仁王像二体（彫刻家・神戸峰男作）を高々と掲げた鉄骨の仁王門が誕生しました。門扉には肉感的な四人の天女のレリーフ（日本画家・秋野不矩《ふく》作）。屋根はガラスになって空を仰ぎ見ることが出来ます。

現在の仁王門や日想殿は元住職・高口恭行長老の設計で、師は京都大学の工学博士で建築家でもいらっしゃいます。

ほかにも、地下に一心寺シアターを擁する三千仏堂を作り、講堂として法話や日曜学校などに使用されています。天井の壁画やまわりの回廊に多くの仏像が配されて、自然と合掌したくなるような雰囲気を持っています。

一心寺シアターでは若者たちが多く見られ、音楽や演劇などの文化交流の拠点となって、また上方芸能の発展にも貢献しています。

おばの話に戻りますが、もうすでにお骨仏となって安置されています。おばの納骨を通して初めて、「お骨仏の寺」として一心寺がどのような役割を果たしているのかを知りました。

お墓を持たない人、希望する人はすべて受け入れて、納骨、供養出来るよう開かれています。お参りの人はいつでも拝むことが出来、日中は線香の煙が絶えることはありません。

納められた遺骨で十年に一体ずつ仏像を造り、納骨堂に安置しています。戦火で過去の骨仏は焼失してしまいましたが、昭和二十三年（一九四八）に一体目の骨仏が出来ています。

母と私との一心寺参りは、おばに手を合わせるほかにもうひとつ目的がありました。母がどこから聞いてきたのか、断酒祈願としても有名なお寺、という情報でした。

六年ほど前のことですが、父の酒癖に悩まされ続けてきた母はウツ病になるほどでした。父のせいだけでなく、自身の体調不良にも原因はあったと思います。

私は母の思いつきと、行動に移したいという気持ちが芽生えたことが嬉しく、外出することもままならなかった母をさっそく連れ出しました。

何度もお参りしているのに本多忠朝がどういう人なのか、また墓所があることも、そこで断酒祈願することも、私たちは知りませんでした。

大坂夏の陣で家康側の忠朝が、豊臣側に無謀な突撃をおこなって無残な戦いの末、二十四歳の若さで討死します。このとき忠朝は泥酔状態であったとか。この失態から以後は酒を封じることを誓って息をひきとった、との伝説が生まれて酒封じの神霊として信仰されるようになったそうです。

広い墓所のまわりには杓子《しゃくし》がたくさん奉納されて、それぞれに祈願のことばがありました。

「夫の酒量がへりますように」と母は書きました。

伸《の》るか反《そ》るか

一心寺界わいを歩いていると「大坂の陣400年」ののぼりが目につきます。平成二十六年と二十七年（二〇一四—一五）は、「大坂冬の陣」と翌年の「大坂夏の陣」が戦われて四〇〇年を迎えています。

貧しい身分から立身出世、大坂城を築いて天下統一を果たした豊臣秀吉でしたが、わずか二代で豊臣家は徳川家康に滅ぼされることになります。

秀吉は幼子の秀頼を家康に託して死んでいきました。しかし家康はこの後、関ヶ原の戦いなど数々の戦いをしかけて秀頼から有力な大名の命を奪っていき、豊臣側の勢力はおとろえる一方です。

そして一六一四年に大坂冬の陣が起こります。徳川側は大軍を率いて大坂城を攻めていきますが、二重の堀と運河を突破することは出来ませんでした。

そこで家康は「外堀を埋める」ことを条件に講和を申し入れ実現させますが、違反して内堀までも埋めてしまいます。

これでは難攻不落といわれた大坂城もお手上げです。このような状況で家康はふたたび戦いをしかけて、ついに落城させてしまいます。この大坂夏の陣で、淀君と秀頼の母子は自害しています。

上町台地は一大戦場と化し、四天王寺や一心寺を含む夕陽丘一帯は焼野が原となっていった戦いでした。

豊臣側の真田幸村は関ヶ原の戦に参戦ののち退去していましたが、大坂冬の陣では秀頼に乞われて大坂城入り。獅子奮迅の戦いを見せたといわれていますが、夏の陣で惜しくも命を落とします。

この戦いで多くの遺体が散乱していましたが、一心寺の境内で荼毘に付して死者の成仏を祈ったといわれています。

そして四〇〇年後の今年、大坂冬の陣開戦の十月一日には一心寺で大法要が営まれました。また、天王寺公園内の茶臼山北側に一心寺より寄贈された「大坂の陣茶臼山史跡碑」が誕生しています。

茶臼山は、冬の陣では徳川家康、夏の陣では豊臣側の真田幸村が本陣を置いたゆかりの地ですから、大阪の歴史を刻む史跡碑は、散策の人たちが立ち止まる場所になっていくことでしょう。

これらに加えて『夕陽丘写真帳―つわものどもが夢のあと』が、大坂の陣四〇〇年記念として一心寺より刊行されました。

「夕陽丘及び上町台地の魅力をカメラに収めてください」という公募の「夕陽丘写真コンテスト」が、平成十九年（二〇〇七）から毎年おこなわれています。このコンテストの平成二十五年までの七年間の入賞作品一一一点が収録されています。

写真帳には夕陽丘の四季がふんだんに盛り込まれて、生き交う人々の姿や表情、子どもたちの嬉しそうな笑顔、お祭りで陽気な若者たち……身辺な光景ですが、カメラは活気に満ちた空気をとらえています。

美しい夕陽の写真が何点かあって、夕陽丘ならではの神聖な表情を見せています。天王寺七坂の夕暮れどきも風情があります。四天王寺や一心寺を訪れる善男善女たちの姿もあります。

年に何回か夕陽丘写真コンテストのための撮影会がおこなわれて、プロの写真家から指導が受けられるそうです。一心寺シアター倶楽部内に事務局がありますから、応募してみるのも楽しい思い出になるかもしれません。もちろん賞金もあります。

『夕陽丘写真帳』に切り取られた光景は穏やかですが、ときには四〇〇年前の戦いにも思いを馳せてみたいものです。

ＮＰＯ法人大阪城甲冑隊《かっちゅうたい》の活動がありますが、主人公は歴史愛好家による真田幸村です。

ひと肌ぬぐ

夕陽丘の南端あたり逢坂（国道二十五号線）まで来ると、南西方面に新世界が広がってシンボルの通天閣がひときわ大きく見えてきます。

さかのぼりますと、明治三十六年（一九〇三）に第五回内国勧業博覧会が開催されましたが、その跡地の西側を新世界、東側を天王寺公園として区分されて、新世界一帯は一大歓楽街として大阪の新名所となっていきます。

明治四十五年（一九一二）に、パリのエッフェル塔と凱旋門を模した高さ七五メートルの初代通天閣が完成。付近には芝居小屋、映画館、大衆浴場、料理店などが出来ました。

また、「東洋一の大娯楽園」とうたわれたルナパークが開業。高さ四〇メートルの「ホワイトタワー」と名づけられた塔と通天閣は、大阪初のロープウェイが運行されて当初は大人気でしたが、ルナパークは大正十二年（一九二三）に幕を閉じています。

初代通天閣は、昭和十八年（一九四三）に塔の下にあった映画館の出火によって延焼。戦時中につき鉄材は軍需資材として供出されました。

現在の通天閣は二代目で、高さ一〇三メートル。昭和三十一年（一九五六）に開業しますが、地元商店街の人々を中心に地域の人たちの熱意と尽力によって完成させています。

いまも大衆演劇場や昭和のレトロな雰囲気がそのまま残っていて、特に南東側に位置するジャンジャン横丁にはスマートボールや囲碁、将棋クラブなどが古くからの営業を続けています。名物の串カツや、安ウマの一杯飲み屋が軒を連ねているのはいうまでもありません。

ジャンジャン横丁の正式名称は「南陽通商店街」といいますが、客の呼び込みのために三味線を「ジャンジャン」と鳴らしたところからこの愛称で呼ばれるようになったそうです。

通天閣はじめ新世界界わいは小説の舞台ともなって、数々の名作が生まれています。

織田作之助著『黒い顔』(昭和十六年)、北条秀司著『王将』(昭和二十二年)、林芙美子著『めし』(昭和二十六年)、藤澤桓夫著『真剣屋』(昭和三十四年)、菊田一夫作・戯曲『がめつい奴』(昭和三十四年)、黒岩重吾著『背徳のメス』(昭和三十五年)、難波利三著『てんのじ村』(昭和五十九年)、西加奈子著『通天閣』(平成十八年)等々。

林芙美子の『めし』は、昭和二十六年(一九五一)ごろのジャンジャン横丁の様子が生き生きと描かれて、いっきょにその名を広めました。天王寺公園内の市立美術館南側に文学碑があり、『めし』の一節が刻まれています。

「昔　通天閣のあったころは／この　七十五メートルの高塔／を中心に　北方に　放射状の／通路があり　国技館や映画館／寄席　噴泉浴場　カフェーや／酒場が　軒を並べていたもの／だそうである

芳太郎は　いつの間にか／里子の腕をとって歩いていた」

現在の通天閣がまだなかったころに書かれたもので、初代通天閣への憧憬を思わせる一節になっているようにも思われます。

『めし』は、結婚五年目にしてまだ子どもに恵まれていない夫婦の倦怠期や、夫の姪の出現によって心の動揺、猜疑心を強くする妻の苦悩を描いています。

夫婦は東京から大阪へ移り住んで三年、東京から姪の里子が家出して二人のもとにやって来ます。奔放にふるまう若くて美しい里子にいい寄る芳太郎と、誘われるままにジャンジャン横丁へ遊びに出かけます。

文学碑の一節はこのときのものです。

『めし』は朝日新聞に連載された長編小説ですが、林芙美子は執筆中に急逝して未完に終っています。

原節子・上原謙主演、成瀬巳喜男監督によって映画化されていますが、果たして夫婦の行く末は……。

断腸の思い

『めし』の主人公で倦怠期を迎えた初之輔と三千代夫婦に、子どもを貰わないかとしきりに世話をやく谷口のおばさん、という人が出てきます。

姪の里子と初之輔の間に血のつながりはなく、初之輔の長兄の隆一郎が結婚して一〇年目に、子どもがなかったため十二歳になった里子を貰って育ててきたのでした。

くったくなく成長した里子を見て、六つの男の子を貰う気になった三千代でしたが、どうやら初之輔は反対のようで心は揺れています。

そんな谷口のおばさんの息子が芳太郎で、里子に好意を抱いてジャンジャン横丁に連れ出したのでした。

三千代を訪ねてきた谷口のおばさんが、おめかしをしてどこかへ出かけるのか、と三千代に聞かれて、

「今日は尼ヶ崎の大物《だいもつ》の、残念《ざんねん》さんへ、願《がん》かけにいきますねん。息子が、今度、勤めンのんで、採用試験に、えらい、ごりやく、あるそうだすさかい、どォしても、今日は、行ってこう思てますねん」

と、芳太郎のことを話しています。『めし』の話は、ここまでにして――。

私は、文中にあった「尼ヶ崎の大物の残念さん」とは何のことか気になりました。尼崎の大物は私の旅友の地元で、彼女が生まれ育ったところですからいろんな話を聞いて、私にとってなじみのある地名でした。

調べてみると、大物公園の道路をはさんだ東側の杭瀬東墓地内にある長州藩士山本文之助の墓のことを「残念さん」と呼んでいることが分かりました。

その墓地は旅友の家の目と鼻の先にあって、彼女の家のお墓のあるところです。さっそく電話して、残念さんを知ることになったいきさつと、詳しいことが知りたい、と彼女に伝えました。

私は墓守の日常や、お参りの人たちとの心に残るやりとりなど、旅の合い間に話していましたから、彼女のお墓のこともよく聞いていました。

家から歩いて五分ほどのその墓地へは、九十歳を過ぎた母親を車椅子に乗せてお参りするそうです。

彼女はさっそく墓地へ出向いて、次のようなメールを送ってくれました。

今朝、残念さんの墓へ行って、案内をよく読んできましたヨ。

蛤御門の変の時に、京都から帰国の途中、大物ノ口御門あたりで捕えられて、黙秘をとおし、その日のうちに、会所で自殺してしまった、長州藩士の山本文之助の墓だそうです。刀の袋に、名が記されて居たので、後日、山本文之助、二十九才と、判ったそうです。彼の書き置きに「残念で口惜しい、もし口惜しい事が有れば、自分に参れば、一つだけ願いを叶えてやろう」と有り、以後、噂を伝え聞いた、おびただしい人々が、大坂から文之助の墓へ、参詣したとのことです。

大坂町奉行所が、一切これを禁止しようとした中で、彼の墓は、「残念さん」と、よばれるように成った、との事でした。

維新前後の、混迷期の中で、流行って行ったのでしょうね。入った処に、文之助の墓が有りましたが、私は、何時も、其処やお地蔵さんには、参らずに、父の墓にしか、参って居ませんでした。

確か、一度くらいは、お地蔵さんに参った事は、有りますが、文之助の墓には、参った事は、無いですヨ。

一つだけ願いが叶うのなら……。

とありました。律儀な彼女からのメールはありがたく、またたった一つの願いを察することが出来るので、私は胸がいっぱいになりました。

活潑潑地《かっぱつはっち》

「應典院へ寄って来た」とお参りの城さんから、きれいなインクで印刷された「サリュ」をもらいました。

「あっ、知ってます。外から見たらお寺という感じしませんよね」

「孫が出入りしているようで。おばあちゃん、前通ったらのぞいてみて、だれでも入れるよ、っていうたから」

そんな会話をしながら手元の「サリュ」を見ると、「應典院寺町倶楽部のニューズ・ペーパー」とありました。

應典院はひと味違ったお寺として知られています。「檀家さんがいない」「お葬式をしない」「若者がたくさん集まってくる」、一般的な仏事ではなく、地域の教育、文化の振興を担うネットワーク型の寺院として発足しました。

場所は下寺町の北側にあって松屋町筋に面しています。千日前通りから入ってすぐ、円型のコンクリートで出来た近代的な建物が本堂です。

一五五〇年創建の大蓮寺の塔頭として、平成九年（一九九七）に劇場型の現在の本堂が再建されました。

後日、城さんのお孫さんに聞いてみると、「コミュニティ・シネマ」という社会問題をとらえたドキュメンタリー映画の鑑賞と、その後に続くトークに参加したことがあるとのことでした。

應典院の活動を調べてみると、應典院寺町倶楽部はＮＰＯ法人で会員によって運営され、次のような催しがおこなわれています。

●寺子屋トーク……年間三〜四回、教育、福祉、アート、宗教、まちづくりの実践家や研究者を招き講演会やシンポジウムを実施。

●いのちと出会う会…人間の「いのち」にかかわるさまざまな課題を取り上げながら、市民どうしが生きることの質について分かち合う。職場や家庭にはない、もうひとつのコミュニティ（仲間）。

●コモンズフェスタ…アートと社会活動のための総合文化祭。毎年掲げられた固有のテーマに即し、各種のトークイベント、演劇、展示、ワークショップを開催。

以上に、先ほどの「コミュニティ・シネマ」などが加わります。「サリュ」には会員向けの情報が掲載されています。「サリュ」とはフランス語で「救い」の意、とありました。

「サリュ」第九三号（二〇一四年九・十月号）に、「死後の不安に寄り添うお寺とＮＰＯの協働へ」という記事があって、大蓮寺で開催されたエンディングセミナーについて紹介されていました。セミナーのタイトルは「おひとりさま、最後の終活〜お寺とＮＰＯの『生前契約』〜」というものです。

ＮＰＯ法人りすシステムでは約二〇年前から生前契約の取り組みをおこなっていて、葬式の執行、部屋の片づけ、年金や公共料金の処理など死後の必要な事務処理を親族に代わって引き受けています。

また死後のみにとどまらず、生前から生活の手助けをしていきます。外出時の付き添い、入院時の保証人、日頃の安否確認など、契約者と関わって信頼関係を築いていきます。

ここに宗教儀礼の契約項目を加えて、火葬と埋葬を大蓮寺が担うという役割を打ち出してエンディングをサポートしようという試みです。

セミナーで伝えている生前契約とはこのような内容で、りすシステムと大蓮寺は今後協働していく予定、とありました。葬送アドバイザーや遺族サポートの会の人たちも加わって、活発な議論がおこなわれた様子も伝えています。

大蓮寺と應典院のさまざまな取り組みは、いま何が必要とされているのかを模索しつつ、共生のまち、上町台地をより魅力あるものにしていこうという働きかけであると思われます。

誠心誠意

新しいお墓が出来て開眼法要を無事に終えた人たちは「ほっとしました」といわれて、顔には安堵の笑みが浮かんでいます。ここには、残された者の使命をまっとうした喜びがあふれているようです。

お墓を持つという選択は、子どもたちに墓守を託すということですから、円満な家族で親子の絆《きずな》は強いように感じます。

一方で、子どもたちに負担をかけたくないので家族のお墓を持たないという選択をする人たちも増えています。

少子化でひとりっ子どうしの結婚も多くなっていますから、現実に則して形態が変わっていくのは自然な流れのようです。

ロッカー式の納骨堂や永代供養の共同墓地、あるいは「お骨仏の寺」として全国各地から納骨される一心寺のような形式があったり、前項に書いたＮＰＯ法人と生前契約を交わす方法などさまざまです。

マスコミでもお墓の問題は最近ではよく取り上げられて、無縁墓が増えていることを重視しています。たとえば先祖代々のお墓が地方にある場合、自分たちが住む都会へお墓を建てて改葬（引っ越し）することを提案しています。

これが無縁墓にしない最良の方法でしょうが、問題は山積していそうです。どれくらい費用がかかるのか、果たして経済事情は許すのか……。

これがクリア出来たとして、どのような手続きが必要なのか、古い墓石は処分しなければいけないのか、寺院との関係は、などなど時間もかかりそうです。

また、核家族化、高齢化によるお墓参りについての悩みを取り上げる新聞や雑誌なども多く目にするようになりました。

「お墓参りや掃除代行のビジネスが定着しつつある」と変わりゆくお墓参りについて、日経新聞の「お墓新景」下（二〇一四年七月十六日付）では伝えています。ここでも、「先祖代々」守れますか、と問いかけています。

記事は、「家族の墓の維持管理や自分自身の葬り方について、高齢者だけでなく若い世代も真剣に考えていかなくてはならない問題」と指摘した上で、「自力で守れないなら、どのサービスを活用するかを早くから考える」と、無縁墓をつくらないための方法を示唆しています。

また、ひとり暮らしの高齢者がお墓参りをするときの付き添いとして、介護ヘルパーが自宅からお墓まで送迎する新しいサービスについても触れています。

六十五歳以上は高齢者という扱いになりますから、なり行きまかせの私も少しは先のことを考えねば……。

週刊誌で「終活」という言葉が生み出されて以来、自分の人生の幕をどのように閉じるのかについても情報がたくさん出てくるようになりました。

「バラに抱かれて眠る」

「屋久島で海洋散骨」

「風に運んでもらいます」

いずれも、昨今のお墓事情を特集した週刊誌にあった広告文です。これらは樹木葬や自然葬といわれるもので、個人のお墓を持たないという流儀です。

中でも風に運んでもらうというのは、奇抜で驚きでした。

「母なる地球の自然に還し　すべてのしがらみから解放してあげる」

とあって、里山の風に運んでもらうというものでした。

その方法は、パウダー状に粉砕した遺骨を祭壇に置かれた大皿に盛って、自然に吹く風によって大地に還すというもので、場所は千葉県の山間です。手元には少量のパウダーになった骨を残します。

これは、いわゆる「おひとりさま」なら問題なさそうですが、家族がある場合は本人の遺志だとしても賛否に分かれて大変そうです。

食指が動く

「家紋を調べていますので見学させていただけませんか」

と、学生さんがお墓へ尋ねて来られたことがありました。墓地は家紋の宝庫ですから、調査の対象としては申し分ないことでしょう。

上町台地の一角、下寺町には創建以来四〇〇年を経た寺院がたくさんあります。たいていは境内に墓地があって、新旧の墓石が見られます。

比較的新しい墓石には家紋が入っていますが、古いものに家紋はありません。学生さんは家紋の種類を調査していたようで、あらかじめ分類を記したノートにチェックを入れていました。

お墓で家紋はいつも眺めているだけでしたが、文様の美しさや種類が豊富なことに、

「こんな完成度の高いデザインは、いつ、どこから誕生したのか、由来は？」

などという興味が私の中にもありましたから、さっそく図書館で家紋に関する本を借りてきました。

家紋の起源ですが、平安後期に公家が使うようになったのが始まりで、およそ千年の歴史を持つことが分かりました。

貴族社会で公家は、牛車や調度品に自分たちのシンボルとして家紋をつけるようになりました。そして源平時代には、武家が氏族の象徴として家紋を用い、全国に領地を持つことで広がっていきました。

公家から武家へと伝わった家紋は、江戸時代になって一般庶民へとさらに広がっていきます。名字を持たない庶民でしたが家紋を持つことは認められて、家の象徴となっていきます。

能坂利雄著『思わず人に教えたくなる「家紋」のすべてがわかる本』（新人物往来社）では、家紋の表現方法について、要約ですが次のような分類をしています。

- 文様から転じて家紋となった文様紋。
- 紋章そのものが名字（苗字）を示唆している名字（苗字）紋。
- 吉祥的縁起にもとづいて作られた吉祥紋。
- 一族の発祥、または家門の名誉を忘れぬため記念して因んだものを紋章とした記念紋。
- 武具そのものや、植物紋を改変し、武器を加えて武勇的意義を持つ尚武《しょうぶ》紋。
- 神仏に対する信仰から起きた信仰紋。（神道紋、仏教紋、切支丹紋、儒教紋、禁呪紋）

次に、家紋の分類について。

- 天地と気象を扱った天地象紋。

・家紋の中で最も多い植物紋。
・想像上の動物（竜、唐獅子、鳳凰など）に属するものまで含む動物紋。
・生活に必要な用具類が登場する器具紋。
・一定の場所に固定した人為的な築造物をデザインした建造物紋。
・幾何学的なデザインによる図象紋。
・吉祥的な意味を持ち、文字そのものも直截で端正であるのが特徴の文字紋。
・図式で表されたり、呪符を転じて紋章とした図符紋。

これらの家紋を実際に眺めていると複雑なものからごくシンプルなものまで、また笑いを誘うようなデザインのものまであります。

その数はといえば、「八千個あまりは優にある」「苗字は約二〇万、家紋はその十分の一の二万」と書籍によって記述は違っていて、はっきりしません。記録に残っていなくて消えていったものや、新しく紋づくりが流行したり、紋くずしをして遊んだ江戸後期の様子から伺うと定かではないのでしょう。

墓石に家紋が彫られるようになったのは明治に入ってからということですが、庶民が名字を名乗るようになって家紋をあまり必要としなくなったのとほぼ同時期で、家紋がお墓で復活したのかもしれません。

胸に刻む

墓前で般若心経を唱えておられる人はよくいらっしゃいますが、何やらひとり言のように聞こえていつも気になっていたのが松元さんのことでした。

長いことお墓に眠る父上と対話しておられるようでもあり、私と似たような年ごろの男性がどのような心情でお参りされているのか聞いてみたいところです。

私など父親に手を合わせてもほんの一瞬で、そう長々と話しかけることもなく、松元さんと比べると申し訳ないほどです。

だれもお参りの人がいらっしゃらない昼下がりに、ひょっこり松元さんが来られたときのことです。人なつっこい笑顔を向けてくださったので思い切って、

「いつも、お父上に何を語りかけておられるんですか」

と尋ねると、コートのポケットから文庫本を取り出して見せてくださいました。

それは岩波文庫の『論語』（金谷治訳注）で、使い古されたものでした。

「孔子の儒教ですか？」

といいながら、とっさに「中庸《ちゅうよう》」は論語の中にあったのでは、と思いながら松元さんの言葉

を待ちました。

「論語は父からの教えで、子どものころに暗記させられてね。全部とはいきませんでしたけど。お陰で身に染みついてます」

といいながら、好きな言葉を教えてくださいました。

「子の曰《たま》わく、吾《わ》れ十有《ゆう》五にして学に志《こころざ》す。三十にして立つ。四十にして惑《まど》わず。五十にして天命《てんめい》を知る。六十にして耳順《みみした》がう。七十にして心の欲する所に従って、矩《のり》を踰《こ》えず」

同書の訳によると、次のようにあります。

「先生がいわれた。わたしは十五歳で学問に志し、三十になって独立した立場を持ち、四十になってあれこれと迷わず、五十になって天命をわきまえ、六十になって人のことばがすなおに聞かれ、七十になると思うままにふるまってそれで道をはずれないようになった」

特に「四十にして迷わず」を始めとして、この言葉からはほど遠い自分の人生ながら、「七十にして心の欲する所に従って、矩を踰えず」は、これから目指すところ、と松元さんはおっしゃいました。

私は松元さんとこんな深い話が出来るとは思ってもみませんでしたから、この日はいい一日になりました。

改めて調べてみると、孔子のこの言葉から、十五歳のことを「志学《しがく》」、三十歳を「而立《じりつ》」、四十歳を「不惑《ふわく》」、五十歳を「知命《ちめい》」、六十歳を「耳順《じじゅん》」、七十歳を「従心《しょうしん》」ということが分かりました。

人生に確固たる道標があるとは、何と心強いことか。親の価値観をそのまま受け入れて、親亡きあとも忘れない。尊敬の念が満ちあふれているようで、立派なお父上であったに違いありません。

この教えはきっと松元さんの子どもさんにも伝わっているに違いない、と思って聞いてみたら、残念ながら娘さんには「古くさい」といって見向きもされないとか。息子さんはいらっしゃらないそうです。

このとき教わったのはもうひとつあって、論語を広めたのは徳川家康ということでした。江戸時代に儒教を学んだ人たちによって日本の礎《いしずえ》が築かれていまの我々がある、と松元さんは力説されていました。

孔子は二千五〇〇年余り前の人、その教えが四〇〇年前に日本人の心に浸透し、そしていまも生きている。人間の心というものは、いまもむかしも変わっていない「不変」で「普遍」を思わずにはいられません。

『論語』をパラパラとめくっていて、「過ぎたるは猶《な》お及ばざるがごとし」の言葉と出合いました。「どちらも中庸を得ていない」とあります。

心がはずむ

夕陽丘の夏の終りの風物詩となった生國魂神社の「彦八まつり」は、平成二十六年（二〇一四）で二十四回を迎えました。例外を除いて九月の第一土曜と日曜の二日間、生玉さんの境内は落語一色となって、ここしかないという格段の楽しさが味わえます。

上方落語協会が主催して、ユニークな企画がオープニングから盛りだくさん。約四〇ほどのブースでは落語家さんによる落語のネタなどをテーマに、思い思いの店づくりがなされています。

笑福亭鶴瓶「りんきのそば」、仁鶴「道具屋」、桂文枝一門「時うどん」、桂きん枝「親子茶屋」ほか、笑福亭松枝の「子ほめ」は綿菓子屋さんで子どもをほめてくれます。

これらは今年の店のほんの一列で、シャレがきいて落語家さんとのやりとりもこのときならでは。奉納落語会や落語家バンドステージ、お茶子クィーンコンテスト、素人演芸バトルも毎回人気があります。

生玉さんは、上方落語の祖といわれる米澤彦八が一六八〇年代の元禄時代に「当世仕方物真似《とうせいしかたものまね》」という役者の身振りや声色の真似で人気を博したことが発端となって、上方落語発祥の地といわれてきました。

平成二年（一九九〇）、六代目笑福亭松鶴の五年忌に「米澤彦八の碑」が笑福亭一門によって建立されました。この翌年から「彦八まつり」が始まります。

生玉さん本来の夏祭りは七月十一・十二日に開催されて、地元をあげての大賑わいを見せますが、どちらも欠かせない生玉さんのお祭りとなりました。

私は初回の「彦八まつり」でいっぺんにファンになって、毎年いろんな人を誘いながら楽しんできました。中でも落語家バンドステージの「桂雀三郎 with まんぷくブラザーズ」が好きで待ち遠しいほどです。

ビール片手に猛暑の中を過ごしますが、落語家さんの奮闘ぶりは並大抵ではありません。毎年うちわが配られて、暑さしのぎに一役買っています。

橘右佐喜「代書」のブースで寄席文字といわれる書の実演に見入っていたところ、いつもお墓参りに来られる佐野さんご夫婦に声をかけていただきました。

「いつもお墓でしかお会いしてないから、外で見かけると感じが違うもんやね」

と、奥さん。どう違ったんでしょうか、気になるところです。

ご主人は身のこなし素早く、缶ビールを三本調達して一本差し出してくださいました。遠慮なくいただいて三人で乾杯です。

お話ししているうちに、ご夫婦とも落語が大好きで「天満天神繁昌亭にも何回か行ってる」

とおっしゃって、ご主人は桂あやめ、奥さんは桂福団次を応援しているとのことでした。人となりに触れたようで気分は上々の夜でした。

もうひとつ、夕陽丘に風変わりなお祭りがあります。こちらは年末の風物詩になっていて、心待ちにしている子どもたちも多くいます。

地下鉄四天王寺夕陽ケ丘駅からすぐの谷町筋に面して東側にある吉祥寺《きっしょうじ》は義士の寺として知られ、「大阪義士祭」が毎年十二月十四日に開催されます。

赤穂四十七義士の墓が境内にあり、義士祭では午前に奉納琵琶、墓前法要、剣道試合、落語などの奉納行事がおこなわれます。午後からは子どもたちが四十七義士に扮した時代行列があり、大阪城を練り歩いて注目を集めています。

吉祥寺と赤穂義士との関係について「てんのうじ祭り囃子」（天王寺コミュニティ協会編集・発行）に、

「吉祥寺は赤穂藩主浅野家の祈願所であり、藩主長矩《ながのり》侯は江戸参勤の途中必ず立ち寄って休息し、寺の護持に尽くしたという。当時の住職縦鎌《じゅうけん》和尚は赤穂の出身で、長矩侯とも親交があった」

と、説明しています。

夕陽丘と赤穂義士の謎が少し解けました。

つうといえばかあ

ミナミの千日前に仕事場を持つ杉本さんは、仕事の合間に友人が眠るお墓にお参りされることがあります。いつしか打ち解けてお話をするようになりました。

なかなかの情報ツウですから、ひとむかし前のミナミの様子を聞いてみると宮本輝著『道頓堀川』（角川書店）が彷彿としてよみがえってきたり、人情味のある、しかし夜の世界特有の哀愁を帯びた街だったことがよく分かります。

宗右衛門町筋の日本橋側入口角のビルに高校時代の友人のスナックがあることは前にも書きましたが、オープンしてもう二〇年が過ぎたそうです。

若いころはスリムで大人っぽい美人でしたから、よく持てて憧れのクラスメートでした。おっとりした彼女はいまではお客さんをふんわりと包むような雰囲気を身につけて、だいぶ貫録も出てきました。

杉本さんから宗右衛門町の話を聞いているときに何気なく彼女の店の話をしたら、

「いっぺん連れて行ってください」

といわれましたが、まだその機会は訪れていません。

宗右衛門町は道頓堀川の北岸にあって、日本橋から戎橋までの東西三五〇メートル、宗右衛門町筋をはさんで南北一三〇メートルほどのエリアで、昭和のはじめまでは花街として栄えていました。

その後は高級感のある料亭や割烹、バー、ダンスホールなど、ミナミでも主役級の歓楽街となっていきました。それが次第に変貌を遂げて、いまでは風俗の案内所ばかりが目立つようになっています。

この間、歩いて数えてみたら宗右衛門町筋だけで十九もの案内所がありました。この話をして嘆いていたら、

「代々の家業を継いでいくのは、このご時世では難しいから、店を売ったりテナントビルを建てたりして離れていく人が多い。中には老舗を守ってがんばってる人が何人か居たはるけどね。特にバブル期以降はビルの入居も減ってきてるから、いまみたいに風俗の案内所が一階に出来て、その上にホストクラブやキャバクラ、ガールズバー、マッサージと称する風俗店なんかが次々と出来てるという訳や」

と、杉本さん。

小説の『道頓堀川』は昭和五十年代前半の宗右衛門町や道頓堀川界わいを舞台に描いていますから、私たちの世代には懐かしくて物語にのめり込んでしまいます。道頓堀川について、次のような一節があります。

夜、幾つかの色あざやかな光彩がそのまわりに林立するとき、川は実像から無数の生あるものを奪い取る黯《くろ》い鏡と化してしまう。不信や倦怠《けんたい》や情欲や野心や、その他まといついているさまざまな夾雑物《きょうざつぶつ》をくるりと剝《は》いで、鏡はくらがりの底に簡略な、実際の色や形よりもはるかに美しい虚像を映し出してみせる。だが、陽の明るいうちは、それは墨汁のような色をたたえてねっとりと淀む巨大な泥溝である。

夜の商売を選択した友人は、いまは美化されたとはいえこのような道頓堀川を何度も体験していると思います。

果たして、「いまの仕事が天職や」といいます。知人が経営するスナックで若いころから働き始めて、彼女はこの道を選びました。

彼女がお店をオープンさせた二〇年前のことです。華やかな和服姿は美しく、少しも動じることなく悠然と構えていました。当初は少し高めの料金設定でしたが、お客さんからお金を受け取る新米ママの姿を見て、

「堂々としてるから大丈夫、きっとやっていける」

と、お祝いにかけつけた水商売の大先輩は、横にいた私にそっとささやかれました。

高校一年生のときに出会って四五年ほどが経ちました。彼女はいまも変わらぬマイペース。お客さんに恵まれて、店内にはゆるーい空気が漂います。

大安吉日

友人がママさんということで、彼女のスナックではつい羽目を外してしまいますが、それでも出入りさし止めにもしないで何とか私のことを大目に見てくれているようです。

彼女が以前に働いていた店は、店主とお客さんが一緒に歳を重ねていって、すでに閉店されています。彼女の店はその流れもあって、年配のご婦人たちもよくお見えです。

もう一〇年以上も前になりますが、歌の上手なお姉さんがおられて、私は初めてその歌を耳にしたのですが、思いがけない歌詞に息を呑んでいました。

美空ひばりにこのような歌があるとは知らず、何回となくお会いするたびにリクエストして歌ってもらっていました。ここにその歌を紹介したいと思います。

一本の鉛筆

松山善三作詞・佐藤　勝作曲

あなたに　聞いてもらいたい
あなたに　読んでもらいたい

あなたに　歌ってもらいたい
あなたに　信じてもらいたい

一本の鉛筆が　あれば
私はあなたへの　愛を書く
一本の鉛筆が　あれば
戦争はいやだと　私は書く

あなたに　愛をおくりたい
あなたに　夢をおくりたい
あなたに　春をおくりたい
あなたに　世界をおくりたい

一枚のザラ紙が　あれば
私は子供が　欲しいと書く
一枚のザラ紙が　あれば
あなたを返してと　私は書く

一本の鉛筆が　あれば
八月六日の　朝と書く
一本の鉛筆が　あれば
人間のいのちと　私は書く

お姉さんの滔々《とうとう》とした歌声は心に染みとおって、しばらくは脳裏から離れませんでした。この歌は美空ひばりの反戦歌でした。

昭和四十九年（一九七四）に「第一回広島平和音楽祭」が開催されて、これに出演する美空ひばりのために書かれた歌でした。広島の原爆投下への心情を描いた作詞の松山善三は、このとき音楽祭の総合演出を手がけていました。

ひばりさんは父親の徴兵や、自身が横浜大空襲の被災者であることから、「幼かった私にもあの戦争の恐ろしさを忘れることは出来ません」と観客に語りかけたそうです。

その一四年後、ひばりさんが亡くなる一年前に、体調不良をおして、「第十五回広島平和音楽祭」へ再度出演されています。

これまで酒場で、いろんなことを教わってきました。人との出会いもたくさんありました。「一本の鉛筆」との出合いも忘れることは出来ません。

禍《わざわい》を転じて福となす

お母さんの介護で実家に戻り、若さを保つ努力を怠らないマドンナY。転勤族の同級生の夫が定年を迎え、ともに旧家で暮らすマドンナS。そんなマドンナたちと地元で顔を合わせるようになって「まぁドンなの会」が出来ました。三人は中学校の同級生です。

本来なら「マドンナの会」としたいところですが、私が加わっていますからそれでは厚かましすぎるので……。

「ドンな」は「鈍な」で、へりくだって「愚鈍」を名乗っています。

ランチとワインで、近況報告や情報交換を毎月のように楽しんでいます。マドンナYのお父さんはすでに亡く、お母さんが介護施設に入られたので、大きな一軒家でのひとり暮らしとなって、私たちもしばしばおじゃましています。

マドンナSのお義母さんは八十歳を過ぎてもまだまだ現役で、お義母さんが畑で作った新鮮な野菜をいつも持参してくれます。

その野菜をたまにお裾分けするのが、いつもお墓参りに来られる森さんです。森さん宅と私の実家は歩いて五分ほど。森さんはご主人を亡くし、お母さんの介護のために実家暮らしをされていました。

私も父親が亡くなって以来の実家暮らしですから、四人の女性はそれぞれの人生の航海を経て終《つい》の住処《すみか》におちついたというところでしょうか。

森さんの実家は長いことプラモデル屋さんをされていて、地元では知らない人はいないほど有名でした。この話は、前に少しだけ書きましたが、お墓でお目にかかるとは思ってもみませんでした。

森さんはいろんな人たちとのつながりや出会いを「ご縁をいただいて」と大事そうにおっしゃって、ていねいに生きておられることに感心しています。

何度か待ち合わせて食事に行きましたが、ビールで乾杯してからあっという間に時間が過ぎて、楽しい話題が次々と出てきました。

マドンナSは中学校の同級生と結婚しましたから、夫は私たちもよく知る顔です。仲睦まじく、マドンナYと私はいつも聞き役で、「信じられへんわ」を連発しています。ずっと一緒に寝ていると聞いて、二人とも驚きは隠せませんでした。

マドンナたちは二人ともおばあちゃんになって、にこやかに孫の様子を話しています。その存在は格別なようで、苦労の甲斐あってそのごほうびに「おばあちゃん」というお役目にあずかったかのようです。

三人で上町台地を散策したことがあります。私のホームグラウンドですから、おいしいお寿司屋さんでランチ、そのあと空堀商店街巡りと人気の果物屋さんでフレッシュジュース、と好みそうなルートを選びました。さらにバスに乗って天王寺公園まで行って、ドイツビールの博覧会で二度目の乾杯。

暑い日の散策で歩きは少な目でしたが、飲み食いは大満足。マドンナYがヨーロッパ旅行から帰って間もないころでしたから、彼女にアテとビールを選んでもらっておいしかったことを覚えています。

また別の日は、同級生が店主の地元の食堂へ三人で行きました。夜の営業はやめたと聞いていたので、しんどい事情がありそうで心配していましたが、夜の働き口が見つかって七十歳まで雇ってもらえるというのでひと安心。

仕事は「飯炊《めした》き」といいます。コンビニ用のお弁当やおにぎりのご飯を少人数で担当しているそうです。かやくご飯やいろんな種類のご飯を作るのでとても忙しく、トイレに行くのもままならぬ様子。三人は口々に、

「どんな仕事も大変やなぁ」

「ほんまやわぁ」

「私らやったら、ようせんねぇ。さすがやわぁ」

と。店主は、私たちの慰問をどのように感じたでしょうか。少しは元気になってくれていたらいいと思いますが……。なお、店主は男性です。

Ⅳ 笑う門には福来たる

心機一転

泰然自若《たいぜんじじゃく》――おちついていて物事に動じない。

還暦を迎えたとき、これから先は慌てず悠然と構えて生きる人になりたい、と私は願っていました。その境地からは程遠いところにいますから、これは努力目標でもあります。

ささいなことで動揺して気持ちが不安定になって、感情的な言葉をあとさき考えずに口走ってしまうのは、むかしからのことでした。失敗の原因はたいていこれです。

巳年ですから脱皮をはからねば、と私としては大胆不敵な宣言でした。年賀状に書きまくり、新年の話の種に「泰然自若」が何回登場したことか。

私はどちらかというと神経過敏な方で、隠そうとしても顔に感情が出てしまいます。これもむかしからのことでした。六十年も生きているのに成長の跡が見えない……。

そうや、私に必要なのは鈍感力！

前にも登場した幼なじみは自らを「鈍感力の持ち主」と称し、数々の困難を乗り越えてきました。ふり返っては、「いま、考えたらぞっとするわ」というのがお定まりのパターンです。

あんまり先のことをくよくよ心配せずに、目の前のこと、出来ることを、端から見たら淡々とやってのけます。気がついたらトンネルの外に出てた、そんな感じです。長年、目の前にこんないいお手本があったのに、何で気がつかなかったのか、これは本当に鈍なことです。

還暦を過ぎて一年以上が経ちました。目標に揺るぎはありません。お参りに来られる人生の先輩であるお姉さん方からも、教わることはたくさんあります。

「羽ばたかなくっちゃ」

という言葉が、強く印象に残っている藤森さん。亡くなられたご主人とはよく気が合ったそうです。いつも、

「アメ食べる？　お口あけてごらん、入れてあげるから」

のやさしいお言葉。でも照れくさいので、

「もうじきお昼ごはんなので、気持ちだけいただきます」

と、遠慮しておきます。

立石さんは、奈良の橿原から毎月お参りに来られます。私との他愛のない「おしゃべりが楽しみで」といってくださいます。スリムでおしゃれ、お化粧も洗練されていて、とても七十を過ぎておられるようには見えません。

ご主人を亡くして外出もしたくなかったとき、

「家に引っこんでたらあかんで。よかったらまた働きにけえへんか」

と、以前パートで働いていたスーパーの店長さんから声がかかったそうで、いまは週二回働いている、とおっしゃっています。

きっと、誠実な勤務ぶりが評価されたのでしょう。七十を過ぎて声がかかるなんてすごい、と感じ入りました。身だしなみがいいことも要因のひとつになっていることでしょう。

「お花が大好き」といって、お参りのたびにお墓をひと廻りして鑑賞にふけっておられるのは安本さんです。

「いまからカラオケ行ってくるわ」

お参りのあとは、たいてい仲間との楽しみにお出かけです。安本さんもやっぱりおしゃれで朗らか。

六十を前に初めて働いて、とても楽しい、といつも笑顔の可愛い方です。私が驚いたのは、ご主人が亡くなるまでは専業主婦で一度も働きに出たことがない、とおっしゃったことです。

長距離トラックの運転手さんが食事をする企業専用の食堂を、一人で切り盛りされているとか。料理はお得意で、

「おいしいと喜んでもらえるから毎日がハッピー」

とおっしゃいます。

藤森さん、立石さん、安本さん、三人三様で、同性として心からエールを送りたいと思います。そして、前向きに生きる姿勢を私も忘れないように。

明日は明日の凪が吹く

鈍感力の持ち主、そんな幼なじみに卵巣ガンが判明したのは、もうすぐ六十歳というころでした。その後、手術と科学療法の抗がん剤治療を乗り越えて、いまは元気になりました。

そのときも淡々と、今日すべき治療を受け入れて現実と向き合っていました。ことさら悲観的になることもなく、「五年後の生存率は三〇％」の告知にも、「これは確率の問題」と冷静でした。

あとになって術後のしんどさが甦って来たようで、「いまになって思えば大変やった」と、ここでも大いなる鈍感力を発揮するのでした。

私はこの鈍感力を絶賛しているのですが、自己防衛本能みたいなもので、誉めてもらうほどのものじゃない、といいます。

嬉しいことに対してもしんどいことに対しても、感情の高まりが起こるときにバリアーみたいなものがやって来る、といいます。

そのバリアーが、良い気分でも悪い気分でも、「そこそここんなもんでええやろ」と感情の大波を凪にして、いつの間にかコントロールしているような気がするそうです。

「いってみれば気が小さいヘタレ」といい、自分が傷つかないようにする手段かもしれない、ともいいます。過ぎたことを思い出して、あとから腹が立つこともある、とも。「けど後悔はない」といい切っています。

平成十九年（二〇〇七）に出版されて大ベストセラーとなった渡辺淳一著『鈍感力』（集英社）は流行語にもなりましたが、彼女が「鈍感力」をいい出したのはそれより以前のことでした。ガン闘病中の彼女は、先にガンになって克服した夫と一人娘に支えられて、治療に専念することが出来ました。

私は何とか彼女を励ましたいと、独楽吟《どくらくぎん》を思いつきました。毎日「今日の調子はどう？」と聞かれても、しんどい日はうっとうしいだけですから、日常のささやかなことに楽しみを見つけて一句詠む、という遊びを始めました。

独楽吟は和歌の一種ですがひとつ約束ごとがあって、「たのしみは」で始めて「……とき」で終ります。江戸末期の歌人で国学者の橘《たちばなの》曙覧《あけみ》が詠んだもので、清貧の中の日常で見つけた小さな楽しみが伝わってきます。

　たのしみは　朝おきいでて　昨日まで
　　なかりし花の　咲ける見る時

これは平成六年（一九九四）、天皇・皇后両陛下が訪米の折、クリントン大統領の歓迎スピーチで披露された橘曙覧作のものです。日米両国民の友好を育むことをこの句に託されて、独楽吟は一気に注目を浴びることになりました。
さっそく私も一句、作ってみました。

たのしみは　友のいつもの　アッケラカン
　病を得ても　変わりないとき

幼なじみからは、

たのしみは　検査のための　採血で
　上手な人に　巡り会うとき
たのしみは　寝ころんで見る　曇り空
　日がな待ちわび　日差しみるとき
たのしみは　自分の難事　脇におき
　私励ます　メール見るとき

このような闘病中の心情が送られてきました。この独楽吟遊びは彼女の回復とともに遠ざかっていきましたが、忘れられない思い出となりました。
墓守をしていて一句も、またいいものです。張り合いが出て、つい幸せ探しをしている瞬間があります。

たのしみは　落葉に追われ　みぎひだり
　暑いよりまし　夏思うとき

寄ってたかって

平成二十六年（二〇一四）、女性の平均寿命は八十六歳で世界一の座についています。医療の進歩でまだまだ延びる余地があるとか。自分のことに置き換えると平均寿命まで二五年、まだそこから先があるかもしれません。母は八十六歳になりました。

私に連れ合いはいませんから、ひとりになったらどうしようという気がかりは特になく、呑《のん》気《き》に明るく、血液サラサラに効果のあるワインでも飲みながら過ごしていけたら、と都合のよいことを思ってしまいます。

「下手《へた》の考え休むに似たり」といいますから、どうしようもないことは考え込まず、目の前に降りかかったことに全力で立ち向かっていく。この気概だけは持っていたい、ということは心身ともに健康でなければいけません。

亡くなった父がいつも、

「笑う門には福来たる」

と、いっていました。

「人間みな平等。生まれたときはみな裸。先に生まれた人はみな先生」

とも。酔っ払って上機嫌なときの口癖で、幼いころからの父の教えです。

父母は一姫二太郎を設けました。私が長女で、弟が二人。三歳ずつ年が離れています。

父の四十九日のお参りを終えて、従兄弟《いとこ》が営むイタリアンの店で食事をしていたときのこと、ほろ酔いで賑やかに話す私を見て、

「あんた、お父ちゃんそっくりやな！」

と、母が一言。弟たちは以前からそう思っていて、ことあるごとに、

「お父ちゃんそっくり！」

といって、私のことを笑っていました。

それは決して誉めているわけではなく、お酒さえあれば機嫌よく、アホなことというて人を笑わせようとしている、という意味合いが含まれています。残念ながら顔も似ています。よく「女の子は父親に似る」といわれますが、典型的なそのパターンです。とぼけた狸顔で愛嬌はあると思っていますが……。

父娘が似ていることを知った母は、複雑な心境になったかもしれません。父の酒癖に閉口していた母は、そのことが大きな悩みの種でした。母は下戸《げこ》で、一滴もアルコールを口にしません。

父の名誉のため、酒癖についてはここではいいません。ですが、脱サラをはかり趣味の園芸を本職にしてからはよく働いていました。神社前の植木屋さんとして生涯現役を通し、ちょっ

と怪しい手相見でもありました。

そんな父がうさん臭いように思えて、子どもとしては受け入れ難いところもありましたが、他人であったとしたら「面白いおっちゃん」として懐いていたかもしれません。

いつも笑っていること、人間は平等であること、人生の先輩は先生であること、これらの父の教えを道標に、そして自らの努力目標である「泰然自若」を目指す。これで私の行く道は決まりました。

知人から聞いた父のエピソードを思い出しました。知人は私より十歳上の女性です。私の知り合いといわずに、父の店でヒヤシンスを買ってくれたときのことです。

「おっちゃん、これいつ水やったらええのん？」

と聞いたら、間髪入れずに、

「おいど乾いたら冷《ヒ》ヤシンス」

と答えたそうです。おいどはお尻のことです。

これを聞いたとき「またアホなこというて」と思いましたが、私にもこういうところは多分にあります。

父は女性が大好きでした。上の弟は、女の人の手を握りたいから手相を始めたのでは、といいます。父の四十九日の食事の席でひとしきり父の話で盛り上がり、「おっちゃんに手相見てもろた」といったのは女性ばかりでした。

目からうろこが落ちる

弟二人のうち、長男は隆《たかし》、次男は仁《ひとし》といいます。長女の私は小夜子で、セレナーデの小夜曲から名付けてくれたそうです。

隆は、音楽家の朝比奈隆さんから、仁は特定出来ていませんが、やはり音楽家の名前をいただいたそうです。

それほどに、父は音楽が好きでした。クラシック、歌謡曲、童謡、中でも「月の砂漠」が大好きで、上手ではありませんでしたが、よく口ずさんでいました。

子どものころ、家にはレコード盤がたくさんありました。全部クラシックのようでした。でも蓄音機はなかったので、なぜ大量のレコード盤があったのかはいまもって謎です。母に聞いても忘れていました。

レコード盤は私たち姉弟のおもちゃになり、投げて遊んでいたときのこと、中から新聞紙が出てきたのでびっくりです。おもしろいので次々と割っていき、一枚も残りませんでした。そんな無謀がなぜ許されたのか、これも謎です。

我が家は豊かではありませんでしたが、父はその後いち速く大きいスピーカーのステレオを買いました。小学校から帰ってきたら、狭い部屋を占居して、父はまん中に鎮座。大音響で、これまた大好きな西田佐知子の歌を聞いていました。

雨が降ると父の店、神社前の植木屋さんはお休みにします。昼間から近所の子どもたちを集めて童謡をかけて、皆で踊っていました。父はお酒を飲みながらニコニコ顔です。いま思えば麗しい光景なのに、私は極端に毛嫌いしていました。雨の日の昼下がり、子どもたちのはしゃぐ声、酔った父の上機嫌……。私はひねくれた子どもでした。

これらのむかし話を、お参りの北原さんにしたことがありました。北原さんは、いつも元気いっぱいだった奥さんに先立たれ茫然自失といった状態。顔を合わすたび、奥さんとの思い出話です。

私はただ聞いているだけでよかったのでしょうが、それでは申し訳ないような気持ちになっていました。そんなときに、父が亡くなりました。

北原さんは私を慰めようと、あれこれ言葉をかけてくださいます。北原さんが奥さんを亡くされたのと、私が父を亡くしたのでは、悲しみの度合いが違います。父が先に亡くなるのは当然のことですから、号泣するほどの悲しみではありません。静かに受けとめるという気持ちでした。

そんなとき、私が幼かったころの父の姿が浮かんできて、音楽や子どもが好きだった、雨の日の父の話を聞いてもらいました。

気難しい子どもだった自分のことをいったとき、

「全然そんなふうに見えへんのになぁ。子どものころはいろいろあるよ。それでかまへんねん。こうやって父親の話をするだけで、お父さん喜んではるんとちがうか」

と、父を慮る言葉をかけてくださいました。

北原さんは奥さんの三回忌を終えてからも、週に一度はお参りに来られます。夏になればビールのグラスを冷やしておいてくれたこと、冬になれば熱燗の用意をして待っていてくれたこと、そのときはあたり前と思っていたことがどれほどありがたいことなのか、いまになってやっと分かった、とおっしゃいます。

日常では見えなかったことが、手離したとたんに、いい換えたら手離さなければ気づけない、かけがえのないものと思い知らされます。いまは父に対してそれを感じています。

北原さんは、私たち姉弟三人の名前の話に興味深げに耳を傾け、

「ロマンチックなお父さんやなぁ」

といいつつ、「小夜子」という名前に父親の愛情がこもっている、と確信を持っていってくださいました。

私はいつも、名前で得しているようです。

とどのつまり

やしきたかじんさんが亡くなったとき、これが本名であることを知りました。「家鋪隆仁」と書くそうです。私の弟が隆と仁ですから、二人分のぜいたくな名前やなぁと思いました。「たかじん」と親しまれ、歌唱力抜群。歯に衣《きぬ》着せぬ物いいで、「浪花の視聴率男」と呼ばれて、特に関西では幅広い年代のファンを獲得していました。

もうひとりの隆仁さんは「たかひと」というそうで、イケメンの医師です。右耳が突発性難聴になったときの私の主治医で、最近の出来ごとです。

「先生は、たかじんさんとおっしゃるんですか」

と思い切って聞いたら「たかひと」さんとのこと。

不安な病状を人にいうとき、まず名前の話から始めていました。「たかひとが、いうのよねえ」は私の口癖となり、イケメン医師の顔を浮かべます。

ステロイドを用いた治療が迅速であったのが功を奏し、元通りとはいかないけれど聴力はだいぶ回復しました。

二五年前に左耳を同じ病気が襲い、突発性難聴についての知識がなかったため様子を見ているうちに手遅れになってしまいました。以来左耳は、重度の難聴と激しい耳なりの後遺症に悩まされています。

その苦い経験があったので、右耳に水が入ったように音がくぐもり、ほとんど聞こえない状態になったとき、すぐに突発性難聴と気づくことが出来ました。

我が家は、嬉しくない難聴一家です。父母と祖母、それに弟二人も健康診断の聴力検査で聞こえの悪さを指摘されているそうです。隆仁先生に「遺伝的な要素も考えられる」といわれました。

それなら、「じたばたしても仕様がない。命に別状があるわけでなし」と思うことにしました。

二人の弟である隆くんと仁くんは、別々にですが私が墓守をする霊園に現れたことがあります。

隆くんは、上町台地の石畳が大好きで携帯電話の待ち受け画面にしていたほど。父が亡くなったあと、ここにお墓を、と思って見学にやって来たのでした。母の同意が得られなかったので実現はしませんでしたが。

仁くんは、連れ合いと一緒です。子どもはいませんが仲の良い夫婦で、プライベートではいつも連れ立って外出しています。たいした用事ではなかったと思いますが、寒い冬の日の来園でした。

以来三人は折に触れ、寒い日、暑い日、励ましの言葉をかけてくれます。弟二人の働く姿も見てみたいなぁと思います。

父が亡くなってから、私たちはよく顔を合わせるようになりました。それは残された母を思いやってのことですが、飲んで食べて笑って、陽気に騒いでいます。

仁くん夫婦は三重県の松阪市に住んでいますから、家族の大好物の松阪牛と私が喜ぶワインを奮発してくれることもあります。会社の保養所がお気に入りで、母と私たち姉兄を招待してくれたこともありました。

幼いころは二人を配下に置いて私がのさばっていましたが、もはや見る影もありません。弟たちの意見を尊重していきたい、と思うようになりました。

姉弟揃ってお参りに来られる星山家も、我が家同様一姫二太郎です。弟さんたちは優しそうで、お姉さんはしっかり者。私とは正反対です。両親ともに亡くなっておられます。

親が片方でも健在なときはそこに家族が集いますが、二人ともいなくなるとお墓参りが皆を引き合わせる重要な役割を果たしてくれます。親の存在の大きさをつくづく感じています。

星山さん姉弟はいつも、上町台地の坂を下って黒門市場を見て廻り、そのあと難波まで歩いて何かおいしい物を食べて帰るそうです。

こうした楽しみは、都心の便利なところにお墓を持っているからこそで、星山さんに限らず皆さん「お墓が近くてよかった」とおっしゃいます。

備えあれば憂いなし

私が墓守になる以前の話です。一五年くらい前のことでした。父が地元に「お墓を買った」といっています。家族に相談はありませんでした。

私たちは不勉強で、墓地にお金を払うということの意味を知りませんでした。家を買ったあとのことでしたから、墓地を買って自分のものとして、そこに墓石を建てると思い込んでいました。

父は当事者ですから当然理解していたと思いますが、墓地の使用権を得るためにお金を支払うわけで、墓地の所有権はありません。正しくは「墓地の使用権を買った」ということになります。

そのあとは管理料を払い続け、「藤木家の墓」が存続することになりますが、父を除く家族は「墓地を買った」と誤った解釈をしていました。

ある日、弟から「父親がお墓を売ったらしい」と聞かされました。自分の気のすむようにするしかないかな、といつもの自分勝手な父に家族一同は知らん顔を決め込んでいました。

墓石はまだ建てていませんでしたから、気が変わってその墓地の使用権を放棄したのだと思います。お金が戻ってこないことを家族には内緒にして、お墓を売ったことにしたのでしょう。父が亡くなって遺品を整理していたら、墓地の区画図が出てきました。私は、墓地を入手したのは本当やったんか、と納得しました。

空想にふけるのが好きな父でしたから、また絵空事を聞かされているのか、と秘かに思っていたのです。

その墓地は生駒山を仰ぎ見る、父が育ったなじみのある風景の中にありました。なぜここではいけなかったのか、と聞いてみたい気がします。私は、ここがよかったのに、と思いました。晩年、「死んでからも賑やかな方がええ」といい、場所を変えて本人が希望した寺院へお世話になっています。

父は四人兄弟の次男でしたから、お墓のことに関しては気楽なものでした。弟二人を先に亡くし、長男の叔父が最も長生きをしました。

父方の祖母や叔父、先祖代々の墓は地元にありますから、散策を兼ねて母を連れ出してお参りに行ったものですが、いまはもう母にその気力はありません。

父へのお参りは、命日とお盆は家族揃って、お正月やお彼岸には私が代表して行くことにしています。

父がお墓を手離したという話は、あのとき以来話題になったことはありません。もう家族みんな忘れているのかもしれません。

弟たちはいまもって、墓地の使用権と所有権の違いが理解出来ていないのでは。近いうちにこの話を持ち出して、墓地は本来借りもので、その上に墓石を建てるという行為が「お墓を買う」ということ、と明確にしておきたいと思います。

私たちの寿命は延びてゆくけれど、決して青春時代が長くなったわけではありません。リタイアしたあとの時間が増えただけ……、と何かで読んだことがあります。

エンディングノートをつけたり、自分のお葬式やお墓について考える余裕はたっぷりありそうです。

私が墓守をする霊園にも、生きている間にお墓を作っておきたい、と寿陵を持つ人が増えてきています。

また一方では、先祖代々の墓を守ること、長男としての責任をまっとうすること、との大役をおおせつかり、地元に根ざしてがんばっていく人もあります。

死後自分はどのようにしたいのか、しなければならないのか、を考えることによって晩年の生き様に違いが出てくるように思います。

矢も楯もたまらず

実家暮らしに戻って三年半が経ちました。三五年ぶりの母との同居生活です。戻った当時は父が亡くなってまだ日の浅いころで、植木店を廃業したこともあって、母は深い喪失感に見舞われていました。

私は、出来るだけ母の気持ちに寄り添って生きようと、現実に起こってくる今後の不和など念頭になく、きれいごとを思っていました。

よくよく考えてみれば、思春期に入ったころから私は母に反抗的な態度ばかりとって、世間体や常識を重んじる母の価値観を否定してきました。

そのくせ自分は半人前以下で、表向きはしっかりしているように見せていても依存心の強い子どもでした。

母とはあまり話し合う機会を持つこともなく、困ったときの尻拭いだけを押しつけて、勝手気ままに過ごしてきたというのが正直なところです。

父は特に娘の私に甘かったと思います。最後はいつも私のいい分が通ってしまいましたから、あとは黙って親の責任を果たしてくれたのだと思います。

年月を経たからといって、それだけで母娘の関係が改善するはずがありません。同居は、自分の生活圏内に娘が土足で踏み込んできたと母は感じていたかもしれません。

台所の戸棚や収納スペースには物があふれていました。まず不要な物を処分してスッキリさせよう、これが私の第一の仕事と思っていました。

実家暮らしのために引っ越してきたとき、私は持ち物の三分の二ほどを処分してもさほど不自由は感じませんでしたから、いい機会なので片づけようとしました。

ところが、母にとっては迷惑なことのようでした。これまで母なりの流儀でひとりで家事をこなし、子どもたちの成長を見守ってきました。

八十をすぎて物忘れがひどくなり、買った物もすぐに忘れるため、同じ物がいくつもあります。中には何年も前に賞味期限が切れている物もあり、まず捨てることから始めなければなりません。

黙って捨てるのは失礼かと思い、母の目の前でそれをおこないましたが、母の顔は見る見る曇っていきます。

「何でもかんでも捨てて、もったいない！」に始まって、「それもこれも置いといて！」「ほかさんといて！」と、最後は声を荒げて怒り出す始末。これを何回か繰り返しました。

そのうち、自分がどこかへ置き忘れて探し物が見つからないとき、

「どこへやったん！　またあんたが捨てたんやろ！」

と、母の心の平和は乱され、諸悪の根源は娘、という構図が出来上がってしまいました。

母の気持ちに寄り添うどころか、まるで敵対関係に陥《おちい》っていきました。

母は難聴で補聴器をつけていますが、なかなか話は通じません。意志の疎通をはかるのは筆談が頼りですが、思い込みが強いので誤解もしばしば起こります。

こちらの意図がじゅうぶん伝わっているのか、母は母で苦しい思いをしているのではないか、など心配ごとはいろいろありますが、いまは何とかおちついてきたようです。

お参りの福岡さんに、合点のいく言葉をもらいました。

「娘にとってはゴミでも、お母さんにとっては生きた証《あかし》、宝物や」

「お母さんの聖域である台所に土足でズカズカ入り込んで、娘といえどお母さんにとっては許しがたい行為かもしれんよ」

「同じ物を買ってきては娘にしかられてる」という福岡さんの話を聞いたとき、「実はうちの母も……」と、つい愚痴をいったときの話です。

福岡さんの核心をついた言葉に、自分の行く先も同じかと、私の心は動揺していました。

腑《ふ》に落ちない

同居を始めたころの母は心身ともに衰弱していたので、よほどのことがない限り晩ごはんは一緒に食べるようにしていました。

煮物や焼魚など何か一品くらい作ってある日、夕食の用意は出来ずに寝込んでいる日、と体調はその日によってまちまちで予測がつきません。

私が夕方帰宅して、早々にワインを飲みながら簡単な料理を作ることもしばしばありましたが、母が起き上がって以前のように台所を切り盛りするほど元気になってくれなくてはいけません。

このまま寝込んでボケていくようにでもなったら大変です。「自分は家族にとって必要な存在」と思ってもらうため、家事の手助けはしても主体は母、の形を保っていこうと決めました。

慣れない同居生活は、気づかないうちに母にとって多大なストレスをもたらしていたようです。昼間はひとりで呑気にしているものとばかり思っていたので、様子が違ってきていることを見逃していました。

そのうち、母は発作を起こすようになりました。意味不明な言動がしばらく続いたかと思うと、そのうち私を罵倒し始めます。

「あんたブサイクや！」と言い放たれたときは、頭をハンマーでなぐられたような衝撃を受けました。

「こんな生活もういや！」の言葉に、「私もいややわ」と逆襲しましたが、一方通行で母の耳には届きません。

そのあと決まって母の意識は遠のいて、その場にうずくまり眠ってしまいます。二〜三時間して目覚めたら、気分が悪いようでもなく、平然と食事をしていることもあります。

母に発作を起こした記憶はなく、罵倒したことも覚えていません。発作は三週間に一回くらい起こりました。

最初は救急車を呼ぶつもりでしたが、母の顔に苦しみの色がないことや、父が倒れたときに救急車の中で収容先の病院が見つかるまで長い時間を要したこともあって、しばらく様子を見ることにしました。

三回目の発作が起きたころ、相談していた弟夫婦が耳よりな情報をもたらしてくれました。

「お義母さんの症状が、この前テレビで取り上げてた高齢者てんかんの症状に似ている」

と、弟の連れ合いが教えてくれました。

本人の自覚のない動作や行為、それらを記憶していない、意識がもうろうとするなど、母の症状と合致します。

弟はさっそく、てんかんの専門医のいる病院を探してくれました。その病院は、私が墓守をしている霊園から歩いて十分ほどのところにあって、前を通ったことがあります。もし入院ということになってもここなら好都合、と心強い気持ちで受診しました。脳波や血液の検査をおこなって、母はやはり「高齢者てんかん」と診断されました。「高齢なこともあって治るということはないけれど、薬で発作の予防は出来ます。途中で薬をやめるとまた発作が起きますから、必ず飲み続けてください」という医師の指導に従って、抗てんかん薬セレニカRを以来服用していて、この薬を飲むようになってから発作は起きていません。

幸いにして入院の必要はなく、一年ほど専門医のもとに通い安定してきたので、いまでは近所のかかりつけ医から処方箋を出してもらえるようになりました。「何かあったら、いつでも来てください」という専門医のところへ相談に行くこともなく、同居してから三年が経ったころから、母の健康状態はとてもよくなってきました。

本人は発作を起こした記憶がないので、この診断には思いあたるふしのない不本意なことのようですが、筆談で発作の様子を説明したとき、「失礼なことというてごめん」と謝っていました。

話に花が咲く

絶世の　美女もしょせん　糞袋《くそぶくろ》

失恋したときこの川柳で人に慰められたことがある、と飲んでいる席で男友だちがいいました。この言葉がどれほどの効力を発揮したのかは聞きそびれましたが、話はそのあと汚いことに糞談義へと移っていきました。

私は持っていた電子辞書で、さっそく広辞苑の「糞袋」を調べてみました。たぶん載っていないと思っていましたが、ありました。

「①胃・腸の異名。くそわた。②転じて、人体・人間のこと」

ついでにピンとこない「くそわた」を調べると、「糞腸」と書いて「くそぶくろに同じ」とありました。

「人間はただの糞袋」とは先人がいった言葉、という記憶が私の中にありましたから、

「人間糞袋と聞いたときに目からうろこが落ちて、本質を突いていると思った」

と私がいうと、男友だちは意外なことをいいます。

「一休さんの言葉やと思う。確か『狂雲集』という一休さんの詩集に書いたんとちがうか」

なかなか学のある発言に感心して、そのまま信じることにしました。一休さんは禅僧ですから、いかにもいいそうなことです。

のちに一休さんがいった言葉が分かりました。

「世の中は食うて糞して寝て起きて、さて、その後は死ぬるばかりよ」

また、「人間は腹に糞を抱えた糞袋だ」ともいったようです。「人間は口から肛門へと続く一本の消化管」という解釈と全く同じ意味で、いい変えると「糞袋」。

いつも疑問に思っていたのは、口に入れた食べ物がなぜ体内で腐らないのか、それとも便はもうすでに腐っているのか、ということでした。

またもや男友だちがいい放ちます。

「胃に殺菌作用があるから、体内で腐敗は起こらんようになってる。便は食べ物のカスのようなもん」

なるほど、そういうことになっていたのか。

つい最近、科学雑誌『Newton』（ニュートンプレス発行）が四〇〇号を記念して「人体大図鑑」の特集号を出しました（二〇一四年十一月号）。糞袋のことが頭の片隅にあったのでさっそく購入しました。以下は『Newton』の記事によるものです。

まず目に飛び込んできたのが、「体内で食べ物が腐らないのは、胃が塩酸で殺菌するおかげ」という見出しでした。

胃液は強い酸性で塩酸を含んでいる、とあります。これで彼への信頼がゆるぎないものになったことはいうまでもありません。

では、口から肛門までは一本の消化管である、という点について見ていきたいと思います。口から肛門までの長さは成人男性で約九メートルあるそうです。食べ物が口から入って約二〇時間かけて便となって排泄されていきます。

食べ物は口に入った瞬間から消化が始まります。嚙み砕いた食べ物は唾液《だえき》によってやわらかくなり、スムーズに食道を通っていきます。唾液は消化液の働きもしていて、一日に一～一・五リットルが分泌されています。

食道を通って食べ物は胃へと運ばれ、殺菌と貯蔵がなされます。いったん貯蔵された食べ物は少しずつ小腸に送られていきます。

小腸は、六～七メートルあって、十二指腸、空腸、回腸という部分に別れています。順に、消化液の分泌、栄養素の消化と吸収、消化と吸収および自ら分泌した消化液の回収、これらをおこないます。

大腸は結腸、直腸という部分があって、結腸では便を作ったり食物繊維の分解をおこない、直腸では便をためて排泄します。

大便は食べ物の残りカスが約三分の一、あとは腸内細菌とその死がい、腸の表面からはがれ落ちた細胞です。これで「糞袋」の正体が明らかになりました。

穴があったら入りたい

消化管について科学雑誌『Newton』からの引用を含めて書きましたが、この雑誌に誰でも気づきそうな誤りがありました。「PART1　消化と吸収」の扉に、「食べ物は、口から肛門まで九キロメートル、……」とあり、まさかと思い出版元へ電話して聞いてみました。すると、「九メートルの間違いです。次号で訂正いたします。ご指摘ありがとうございました」といわれ、お詫びの言葉も恥じ入る様子もありませんでした。

そして府立図書館で同誌を見つけたので、カウンターに持って行ってこの旨を伝えたところ、「正誤表が出されたら添付しますが、出版されたそのままの状態で利用してもらいます」という対応でした。ちょっと不親切ではないの、と思っていましたが、図書館の現状を知るよい機会となりました。

『Newton』の十二月号には巻末に訂正記事が掲載されていましたが、ほかにも何箇所か間違いがあって、単なる誤植はよくあることかもしれませんが、記述内容に関する誤りもありました。

私も当事者として同じような経験をしたことがあるので、とても他人ごととは思えませんでしたが、今回の『Newton』の誤りは記憶に残るものとなりました。

そういえば墓石についても、慎重に事を運んでいても刻んだ文字に誤りが発見されることがあります。私が見たのは「三」にすべきところが「二」と刻まれて、石材店の担当の人は青くなっていました。

でもこのケースは文字を彫る職人さんの腕が幸いして、誰が見ても初めから「三」であったかのように修正されたのでした。角数の少ない似ている文字で、このときは難を逃れました。これが逆に「二」が「三」になっていたら、と思うとぞっとします。

間違いについての話のついでに、「聞き間違い」と「いい間違い」で赤面した話をひとつずつ。

ある一時期、鍼灸院通いをしていました。初めてのことでしたが、仕事の関係で体験しておく必要があったので一年以上続けました。

そこでは腹部を温めて発汗させた上で鍼治療をおこなうという方法で、腸の免疫力を高めることが目的でした。腸の働きをよくすることが万病の治癒につながる、腸はかしこい、といわれていました。

時折問診があり、私は肩の凝りも身体の疲れもあまり感じないというと、それは「しつたいかんしょう」です、といわれました。

私には「ちつたいかしょう」と聞こえて、膣退化症？　肩凝りと何の関係が？　なぜこの人に私の局部のことが……？　えっ退化してるってどういうこと？　これらが瞬時に脳裏を駆け巡りました。

私は「失体感性」であるといわれたのでした。身体の感覚が鈍く、疲れていてもそれを感じ取れない、病気に伴う自覚症状が分からない、というものでした。

こんな言葉があることも、自分の身体の感覚がそれほどまでに愚鈍であることも、このとき初めて知りました。

もうひとつ恥ずかしい話ですが――。まだ純情だった二十歳のころのことです。中学時代の同級生と東京で再会しました。男性二人は東京の大学に進学していて、そのうちのひとりは私の初恋の人でした。

三人でむかし話で盛り上がっているときに、私はとんでもない言葉を口走っていたのです。

「それは人間の陰部やと思うわ」

私は「恥部」というべきところを、なぜよりによって好きな人の前で「陰部」などと……。

はっと気がついて、弁解も出来ないほどの事態でした。

このことはずっと尾を引いて心に引っかかっていましたが、最近になって相手は覚えていないことが判明しました。

愛別離苦

「男が残ったらあきませんわ」

奥さんに先立たれたご主人は、皆さんこうおっしゃいます。

「おらんようになって初めてありがたみが分かりました」

「これからゆっくり出来るなぁ、というてたとこやのに……」

一〇〇人ほどのお顔が浮かんできます。話し相手を求められていると見えて、もっぱら聞き役の私。五十代、六十代の奥さんを闘病の末に亡くされるのはつらそうで、返す言葉が見つかりません。

太極拳を教えているのは知っていたけれど、お葬式では生徒さんが一〇〇人以上も来てくれて「妻が皆に慕われていることを初めて知った」と、白血病で奥さんを亡くされた坂元さん。

働きもんで「たまには飲みに行って外の空気を吸うてきたら」とおしゃれな服を用意してくれた、と北原さん。この方は、前にも登場していただきました。

「娘がかわいそうで」と柳井さん。実の母とご主人のお母さんを去年いっぺんに亡くして、「三人は仲がよかったのに」と。二人のお母さんのお墓はどちらも私が居る霊園にあります。

小学生と就学前の元気いっぱいの男の子が三人。いつも連れ立ってお参りに来られて「孫の成長だけが楽しみで。でも孫はおばあちゃんがおらんからかわいそう」と大槻さん。年末には娘さんにもう一人男の子が誕生しました。

ガン細胞が肺に星のように散らばって、リンパ管症でもう手の施しようがなく最後は脳に転移して……。ご主人には苦しいとか愚痴はいわなかったけれど、看護師の娘さんから「お母さんは早くラクになりたいというてたから、これでよかったのかもしれんよ」と聞かされた本木さん。

一周忌までに納骨を、とがんばってお墓を建てられた米倉さんはとても涙もろく、「そんなに悲しんではったら、亡くなった奥さんが心配しはりますよ」と声をかけますが、力なく「そうやなぁ」と。

こうして見ていると、「男は月で、女は太陽」という説は、はずれていないような気がします。太陽に照らされて初めて月は輝いて見えますから。

そのように見たら、妻に先立たれた夫は太陽を失ったような気持ちなのかもしれない、と思いました。太陽はみずからエネルギーを放出して生命が存続していく環境を作り出します。

不思議ですが、亡くなった奥さんの悪口をいう人に出会ったことがありません。失ったものの存在が大きすぎて、欠点など帳消しになってしまうのかもしれません。

三十三歳の若さで亡くなられた甘利さんには、当時二歳になる男の子がいました。お父さんに連れられてお参りしている姿は無邪気で、お母さんの死がまだ理解出来ていない様子でした。

あれから四年が過ぎて小学生となった彼は、しばらく墓前で合掌しています。いつも百合の花が入っていて、お酒がお供えしてあります。

「ガンの発見がもうちょっと早かったら」とご主人に伺ったことがあります。父子家庭で奮闘中とのことですが、

「おばあちゃんが助けてくれてここまで来れた」

と、やっと笑顔で話してくださるようになりました。

「もうすぐ八十五になります」

とおっしゃるのは田岡さん。奥さんの月命日に必ずお参りに来られます。動作はゆっくりでもお元気そうです。

「いつまで来れるか分かりませんけど、私が動けるうちはお参りしてやりたいと思いまして」

とても穏やかな表情をしておられるので、どうしたらそんな優しい顔になれるのか、といつも見入ってしまいます。

「そっちへ行くまで、もうちょっと待っててや」

といって手を合わせていると伺って、こんなお参りも悪くないなぁと思いました。

善は急げ

奥さんを五年前に亡くしてひとり暮らしを貫こうとがんばっておられる幸田さんは、今年八十歳になられました。

「掃除や洗たくは見よう見まねで始めて何とかやってますが、料理はだめですねぇ。いままで家内が全部やってくれていましたから、これぱっかりはどうにもなりません。宅食のお世話になってます」

きちんとした身なりをされて、とても清潔感あふれる幸田さん。かなりの好男子です。

「ひとり息子なんですが、家を建てるときに私の部屋もこしらえてくれて、一緒に暮らそうといってくれてるんです。でも嫁さんは他人なんでね。この歳になって同居するとなると、もうお互いに悪いとこばかり目について、きっとうまくいきません」

幸田さんは奈良県、息子さんは兵庫県で、お互いにお参りしやすいようにとお墓を大阪市内にしたそうです。

息子さんは転勤族で、次に転勤になったら単身赴任されるそうで、大学院生と中学二年生のお孫さんがおられます。

　幸田さんはこれからの自分の暮らしについて、深い悩みを持っておられます。鳥取県のご出身で、いまも妹さんがお住まいです。

「この前、帰って来ましてね。同級生で元気にしているのが何人もいて、本当に楽しく過ごしてきました。そのとき介護つきの新しい施設を見学したら、快適そうなところで気に入りまして……」

　故郷に戻ってそこの施設で友だちと余生を送りたい、と息子さんに相談したところ、猛反対を受けたとおっしゃいます。

　いまの暮らしは、隣近所とのつき合いもなく、一言もしゃべらない日が続くこともあるそうです。息子さんのいい分も聞いてみないと分かりませんが、幸田さんは自分の思いどおり楽しい方を選ぶべきだと私は思いました。

「お元気なうちに故郷へ帰って、友だちと賑やかに過ごされた方がええと思いますよ」

「でも、息子がねぇ……」

　と遠慮して、先へ進みません。

「話し合われたら、きっと息子さんに分かってもらえますよ。自分の親が楽しくしてくれてるのが、子どもにとってどれほど救われるか」

　私がこういったとき、幸田さんの顔に光が差したように明るい表情をされました。八十歳ですから、実現可能なことはすべて叶えてあげるべきでは、と思います。夢や希望があるなんて、嬉しいことではありませんか。

「家族と同居して失敗やった」という人がおられて、私はその話をしました。

やはり幸田さんと同じで、奥さんを亡くされています。息子さんが一人、お孫さんが二人というところも同じで境遇が似ています。

息子さん家族と一緒に住む家を建てていて、もうすぐ完成というときに奥さんが旅立ってしまわれたそうです。

家が出来て同居生活となりましたが、お嫁さんに気を使うそうで、「ひとりで暮らしたい」といっておられます。

幸田さんはお元気ですから、淋しいながらもひとり暮らす方が気楽です。

「娘がいたら、また違ってたと思います。何で娘をつくっとかんかったのか、いまさらいうても仕方ないいんやけど……」

幸田さんの嘆きを聞くのは切なく、一刻も早く故郷に帰る決断をしてほしいと思います。

「八十になったらね、もう長生きしたいとは思いません。家内が生きてるとき自分は偉そうなことばっかりいうてましたが、いなくなると何も出来ないんですから……」

とはおっしゃっても、車を運転して鳥取まで帰るそうですから、まだまだ楽しいことをして友だちと愉快にお過ごしください。

膝《ひざ》を打つ

霊園へお参りの土屋さんが「寅さんツウ」と知ったのは二年ほど前のことです。映画「男はつらいよ」の大ファンで、その精通ぶりは驚異です。

奥さんを亡くされて五年が経ちました。しょんぼり派から何とか抜け出して、六十を過ぎておられますが、「もう来んでもええよ」といわれるまで会社勤めをする予定、とおっしゃっています。

あるとき、私が石切神社のそばに住んでいることを知った土屋さんから、

「寅さんの何作目かに石切神社が出てきて、そのときのマドンナは松坂慶子やった。寅さんは確か石切さんで水中花を売ってたよ」

と、教わりました。

松坂慶子は網タイツの妖婉な姿で「愛の水中花」という歌を、昭和五十四年（一九七九）に発表して大ヒットさせていました。

寅さんが石切神社へ来たというのは初耳です。いえ、以前だれかに聞いたことがあったかもしれませんが映画は見ていないし、すっかり忘れています。

父は五〇年以上も石切神社前で小売りの植木屋さんをしていましたから、寅さんのロケを楽しんだかもしれません。父も寅さんが大好きでした。

私はさっそく講談社から発売されていた『男はつらいよ寅さんＤＶＤマガジン』の第二十七作「浪花の恋の寅次郎」を取り寄せました。

瀬戸内の島でお墓参りをする美しい浜田ふみ（松坂慶子）と寅さん（渥美清）は出会いますが、このとき彼女が大阪で芸者をしていることを、寅さんはまだ知りません。

偶然の再会は、寅さんが石切参道で水中花を売っているときのことです。芸者仲間と三人で恋占いをしたら、ふみのは「待ち人いますぐ会える」と出ました。喜んで騒いでいると、ふと振り返ったところに寅さんが……。

そのあと寅さんは商売を放っぽり出して、近くの飲み屋へ出かけて四人で楽しく飲んでいます。その店のおばちゃんは、地元参道のほんまもんのおばちゃんでした。

石切神社での場面は五分間ほどでしたが、参道の特徴をとらえて行ってみたくなるような映像に仕上がっているのに感心してしまいました。

映画はそのあと、生駒山の宝山寺でデートする寅さんとふみ。ここでふみに生き別れの弟の話を聞いた寅さんは、そのまま二人で弟探しに出かけようといいます。

弟の会社を探しあてた二人でしたが、弟はすでに亡くなっていました。ここで弟の元上司として登場するのが大村崑で、ふみに細やかな気づかいを見せながら弟の死を告げています。

このとき寅さんは通天閣界わいの新世界ホテルというところに滞在している設定ですが、芦屋雁之助、六代目笑福亭松鶴、初音礼子が登場しています。三人ともすでに他界して、この場面は懐かしさでいっぱいです。芸者仲間には、かしまし娘の正司照江と花江の名コンビ。

ここでもマドンナと寅さんは、恋してるというよりも友情で結ばれているといった方がしっくりいくような微妙な間柄。そして寅さんがフラれる瞬間がやってきます。

ふみはやがて芸者をやめて真面目な寿司職人と結婚。二人は彼の故郷長崎県の離島で店を開きますが、寅さんはふみが嫁いだ美しい島を訪れて二人を応援します。

この作品は昭和五十六年（一九八一）に公開されています。

寅さんを観るたび、題経寺と矢切の渡しへ旅の途中に寄ったむかしのことを思い出します。題経寺は通称「柴又帝釈天」という日蓮宗のお寺で、お堂のあちこちに法華経の説話を題材にした立派な木彫りが施されていて目を見張りました。

そして矢切の渡しでは、細川たかしやちあきなおみが歌って大ヒットした「矢切の渡し」を口ずさんだことも忘れられません。

太鼓判を押す

「人間、今が一番若いんだよ。明日より今日の方が若いんだから。いつだって、その人にとって今が一番若いんだよ」

これは「無名人名語録―生老病死篇」と自らが称した永六輔著『大往生』（岩波新書）に収録された人生の知恵のひとつです。

全国津々浦々を旅する著者が、いろんな人たちとの出会いの中で交わされた言葉の数々が散りばめられています。この本は、平成六年（一九九四）に出版されて大ベストセラーになりました。翌年、『二度目の大往生』も出版されています。

お墓参りに来られる人の中に、私を相手にポロリと弱音を吐いてしまわれることがあります。私はすかさず、

「明日よりも今日、いくつになってもいつでも今が一番若いんですから、元気出さなもったいないですよ」

と、自分にもいい聞かせつつ冒頭の言葉を拝借しています。

今が一番若い、と気づいた人は本当に重大な発見をしたと思います。失った若さに気を取ら

れて暗い気持ちになっても、人はあまねく公平に老いていきます。だったらもう今が一番若い、これしかありません。

こんなことをいっている人がありました。

「長生きしようってグループがありましてね。会員は年に一万円ずつ払うんです。別に何もなくて、ただ払い続けるだけ。で、最後まで生き残った人が全額もらえるんだって！」

こんなふうにユーモアを持って生きていけたら痛快です。

永六輔さんはある時期、全国の刑務所へ慰問に出かけて講演をしています。そこでおもしろい話をしているのですが、録音テープを見つけ出した人がいて『悪党諸君』（青林工藝舎）という本になっているのを朝日新聞の書評欄で知りました（二〇一四年七月六日付、早川義夫・記）。

「落ちこぼれて男になる」と見出しにあり、その裏付けとして福岡伸一著『できそこないの男たち』（光文社新書）という生物学者の本も紹介しています。

永さんは各地で男性の受刑者に、

「男ってものは女をニコニコさせなければならない。女の人にうれしいという顔をさせなければいけない。それが男の生き方なの」

と、いっています。では、この発想はどこから来ているのか――。

人間の胎児は受精して細胞分裂を始めて七週目くらいまで、すべて女性として生存するそうです。男性となる場合は、女性の身体を基本として分化していくことが分かっています。そのことを『できそこないの男たち』には、次のように書いてあります。

「男性は、生命の基本仕様である女性を作りかえて出来上がったものである。だから、ところどころに急場しのぎの、不細工な仕上がり具合になっているところがある。実際、女性の身体にはすべてのものが備わっており、男性の身体はそれを取捨選択しかつ改変したものにすぎない」

永さんが実際にこの本を読んだのかは分かりませんが、「すべての男性はお母さんのお腹の中で女としてスタートする」この現実を踏まえて、「人間の質からいうと女の方がずっと質は高い。ダメになったハンパ者が男」といいます。男の乳首は元女だったことの名残だそう。


女の人に迷惑をかけちゃいけない。

お母さんを泣かしちゃいけない。

娘を大事にしなければいけない。

おばあちゃんも大事にしなきゃいけない。

男たちは女になれなかった、生命を受け継いでいくうえですばらしい体をもった女になれなかったことを、もっと反省しなきゃいけない。


女子刑務所でこの話をすると、大受けするそうです。

あの手この手で

夏は暑いといい、冬は寒いといい、そんな時候のあいさつをお参りの人と繰り返す墓守の仕事ですが、四季折々の空気を胸いっぱいに吸い込んで健康的なことこの上ないほどです。

歩数計は一日で一万歩を越え、私はいつも外気に触れていたいと思うようになっていました。いまのところ、幸いにして母親は健康を取り戻しています。

一日自由な時間が出来ると列車に乗っているという具合に、私の生活は外に向かって変化していきました。

ローカル線で日帰りの旅を繰り返すうちに、琵琶湖の湖畔の表情が場所によってまったく違っていて、そのことにいつしか私は心を奪われていました。

何ごとにも熱しやすく冷めやすい自分の性質をよく知っていますから、せっかく沸いた情熱を喜んでだいじに育んでいこうと思いました。

湖畔の様子ですが、湖南は大津に代表される滋賀県一の大都会。湖西はひっそりとしてあまり開発されることなく、砂浜や松林が続いて自然が豊か。湖東は砂浜と岸壁が交互にあって開発が進んだ観光地。湖北は山深く「かくれ里」とも呼ばれる神秘的なところ。

湖岸の姿をこの目に焼きつけたいと、小刻みなウォーキングの計画を立てて実行していきました。

歩いているとき、もし湖畔に移住するとしたらどこがいいかなど、あれこれ妄想する楽しみもあって幸せなひとときです。

基本的には単独行動ですが、ときには旅友を誘ったり、京都の知人につき合ってもらったりで、その日によって目的地を一か所にしぼって湖畔で小宴会ということもありました。賤ヶ岳《しずがたけ》へはロープウェーを利用しましたが、片や余呉湖、片や琵琶湖のぜいたくな景色はもったいないほどです。

近江八幡の八幡山から見たかつての城下町と湖の調和は、一幅の日本画のようでした。比叡山から見下ろした湖畔をそのあと歩いて、逆に山を見上げたときは何とも清々《すがすが》しい痛快な気分になっていました。

ウォーキングのスタートはマキノから今津まででしたが、湖畔にひっそりと佇んだホテルへは後日ランチに訪れてゆっくりと過ごしました。

湖北みずどりステーションあたりの湖畔に来ると、写真集でよく見かける美しい夕焼けに出合うことが出来ます。日本の夕陽百選のひとつです。

サクラの季節に海津大崎をクルージングして花見が出来たことは、念願かなってゴージャスな気分でいっぱいでした。

また別のクルージングでは、「ぐるっとびわ湖島めぐり」という琵琶湖汽船の一周コースで、約八時間船上の人となりました。

大津港を九時三十分に出航して、浮見堂、琵琶湖大橋、沖島上陸、沖の白石、竹生島《ちくぶしま》上陸、長浜港、多景島《たけしま》上陸、白鬚神社を巡って大津港へは十七時四十分ごろ帰港。五月から十一月までの土日祝休日のみ運航しています。

このクルージングで、まだ訪れていなかった湖岸の様子を見ることが出来て、湖畔一周を踏破するには到りませんでしたが、この目で確かめたことには違いありません。

大津港は浜大津にありますが、琵琶湖を左に見ながら湖畔沿いを進んでいくと広場や公園が広がってのどかな景色を作り出しています。琵琶湖ホテルを過ぎて大津プリンスホテルあたりまで、散策するのに退屈はしません。

湖に目を向けると右手前方に近江富士と呼ばれる三上山（四三二メートル）がくっきりと形のよい姿を見せています。遥か前方には琵琶湖大橋、左手には比叡山に続いて比良山系、右手には近江大橋が見えて、ワインを飲んだり読書をしたり。のんびりしたいときには、いつもここを訪れます。

県立芸術劇場「びわ湖ホール」や、大津港をはさんで北側にある「びわこ競艇場」の階上レストランからの眺めは申し分ありません。

私の秘かな楽しみは、さらに続きます。

両手に花

平成四年（一九九二）九月二十七日付の朝日新聞の朝刊に掲載された遠藤周作さんの随筆についてです。それは「万華経」と題された連載の中で、「忘れがたい風景」という見出しで書かれており、その内容は次のような遠藤さん自身の体験でした。

先輩の小説家である芝木好子さんが描いた作品にあり、主人公が死の場所として選んだ湖の場所を知りたくて、あちこち探しまわったあげくに見つけ出して、遠藤さんがたどり着いたところは――。

「二月の午後、入り江のようなその地点の周りの山々は白雪に覆われ、冬の弱い陽をあびた湖面は静寂で寂寞《せきばく》としていた。…（略）…人影はまったくない、この冬の風景は以後、私が年に一度はひそかに訪れる場所となっている」

と、書名は伏せられていて地名も明かさずに紹介してありました。

次の回の連載には、芝木さんの本を読んでこの場所を探して見つけてほしい、と遠藤さんは書いています。

湖北の奥の「かくれ里」と呼ばれるようなひっそりとしたところのようで、この随筆を読んだ私はその場所に行ってみたいと思いました。琵琶湖に魅せられた、いまから三年ほど前のことです。

まず芝木さんの本を探し出すことから始めた私は、その小説とは『群青《ぐんじょう》の湖《うみ》』（講談社）であると特定しました。

それは、東京から琵琶湖のほとり近江八幡の旧家に嫁いできた瑞子《みずこ》という女性の失意と、離婚して子どもを育てながら染織作家として生きようとする哀愁を描いた一冊でした。

結核で死んでいく夫の兄の療養先は長命寺にあって、瑞子と夫は掘割川沿いにある家の庭の石段を下りて舟に乗って長命寺港まで見舞に出かけています。

この情景が目に浮かんで、随所の描写に引き込まれながら、読書の楽しみと琵琶湖の散策がオーバーラップしていきました。読書と旅の醍醐味がいっぺんにやって来て、私は静かな感動に浸っていました。

「琵琶湖へ大きく突き出した岬は二つだが、岬はくねくねと曲りながら小さな湖を抱くのだ。次の岬もだ。そうしてようやく西側の海津へと出てゆくまで、言葉に言いつくせない神秘な湖や、自然の景観にめぐりあう」

夫の背信によって瑞子は幼子のひとり娘を伴って自殺をはかろうとしたのは、かつて夫と行ったこの場所であり、そのとき夫はこのように教えたのでした。

夫の言葉はここまでですが、さらに描写は続きます。

「岬へ進み、つづら折りの湖畔をまわると岸辺に打寄せられたように小さな集落がある。風光の清らかな、寂とした、流離の里である」(要約)

車は集落をあとにして、岬の先へと進んでいきます。

「奥琵琶湖の秘した湖は、一枚の鏡のように冷たく澄んでいる。紺青というには青く、瑠璃色というには濃く冴えて、群青とよぶのだろうか」

ここは、夫とその兄が小さいころに訪れた忘れることの出来ない場所として描かれ、瑞子を伴って訪れた場所でもあり、瑞子はここで死のうとします。しかし、死ぬことがかなわなかった瑞子は、奥深い琵琶湖の群青を染織によって表現して生きていこうと決意します。

小説に出てくる「小さな集落」とは菅浦のことで、長浜市西浅井《にしあざい》町の葛籠尾半島《つづらおはんとう》にあって、目前には竹生島が見えています。

昭和四十六年(一九七一)に奥琵琶湖パークウェイが開通し、周辺の道路が整備されるまでは、船が交通の手段という陸の孤島でした。惣《そう》と呼ばれる菅浦だけの自治が成立し、四足門《しそくもん》で人の出入りを厳しく見張る独自の集落でした。

何度か菅浦を訪れましたが、最初は緊張してドキドキしたのを覚えています。いまでもひっそりとしていますが協同作業所があって、そのときは梅干作りがなされていました。

「つづらお荘」という宿があり、宿泊したのは二度目の訪問の折で、私はもうすっかりくつろいでいました。

おわりに

お墓での出会いの中で、時が流れても決して癒えることのない悲しみを抱え、懸命に生きておられる人たちの姿を目にすることがあります。

娘さんや息子さんを亡くされた親御さんは、瞳の奥にやるせない思いを湛《たた》えておられるようにも見えて、いとおしそうに墓石をなでておられることがあります。

本書でお伝えすることは出来ませんでしたが、「跡を追うことも考えた」と本心を吐露されたとき、自分の身に置き換えて言葉もありませんでした。

あるとき、「公園でしょんぼりして泣いておられたので話しかけたら、娘さんを亡くしたお母さんで、お墓参りの帰りとおっしゃって。そのことを聞いて、せめてお線香をお供えしたいと思って伺いました」と、ご婦人が尋ねて来られたことがありました。

悲しみの中にあっても人は巡り合い、心通わせることが出来ます。お母さんに笑顔が戻ったら、このご婦人のことをお話ししようと思っていますが、長い時間が過ぎていきました。

二〇一五年一月

主な参考文献（本文の引用箇所に明記したものは除く）

『大阪夕陽丘歴史散策ガイド』　三善貞司　一心寺
『うえまち』第二集　高口恭行　一心寺
『大阪の歴史ものがたり』　大阪社会科教育研究会編著　日本標準
『歴史と文化の町たんけん④　大阪をたずねる』　三田村信行編著　あすなろ書房
『大阪力事典』　橋爪紳也監修　大阪ミュージアム文化研究会編　創元社
『大阪府謎解き散歩』　橋爪紳也編著　中経出版
『大阪神戸のお寺神社　謎とき散歩』　中村清　廣済堂出版
『上方落語　桂枝雀爆笑コレクション3』　桂枝雀　ちくま文庫
『まるわかり日本の家紋』　丹羽基二　新人物往来社
『橘曙覧　独楽吟』　岡本信弘編　グラフ社
『たのしく学ぶことわざ辞典』　林四郎監修　守留野一夫編　日本放送出版協会
『施主側・弔問側に役立つ　葬儀・法要の知識百科』　横山潔監修　主婦と生活社
『ハンディ版　学校のまわりでさがせる植物図鑑』春・夏・秋冬　近田文弘監修　平野隆久写真　金の星社
『楽しく遊ぶきせつの図鑑』　長谷川康男監修　小学館
『花と実の図鑑①　春に花が咲く木』　斎藤謙綱絵　三原道弘文　菱山忠三郎監修　偕成社
『大阪「鶴橋」物語―ごった煮商店街の戦後史』　藤田綾子　現代書館
『大阪春秋』第二九号　大阪春秋社
『大阪春秋』第一一四号・第一一六号・第一二四号・第一四六号・第一五二号　新風書房
別冊天満人『上町台地ファンタジー』　井上彰編集　天満人の会
『大阪国際交流センター20年のあゆみ』　㈶大阪国際交流センター編集発行

このほかにも、地域のパンフレットや情報紙、雑誌、寺院ほかのホームページなど利用させていただきました。

藤木小夜子（ふじき さよこ）
一九五三年東大阪市生まれ。
短大在学中より雑誌編集の見習いを始める。その後、出版社、印刷所、料亭（仲居）など数々の仕事を経て、長期間にわたり本づくりに携わる。
五十六歳のとき墓守の仕事と出会う。

墓守《はかもり》の詩《うた》
二〇一五年四月二十一日 第一版第一刷発行
著 者 藤木小夜子
発行者 稲川博久
発行所 東方出版㈱
〒五四三-〇〇六二
大阪市天王寺区逢阪二-三-二
電 話（〇六）六七七九-九五七一
FAX（〇六）六七七九-九五七三
印 刷 亜細亜印刷㈱

ISBN978-4-86249-240-1